[美] 宋玉 著　　金雪妮 译

中信出版集团 | 北京

献给为了不下沉而游的人

作者的话

这部小说纯属虚构，不过它取材于我作为竞技游泳运动员的12年经历。虽然我无法保证这本书后面发生的事会变得好一点——说实话，其实并不会，或许一直都不会——但我还是希望，即便在《氯水人鱼》这本书逐渐沉入深深水底时，你也依旧能够在阅读的时候感受到激烈的爱、狂喜的胜利，还有以自己真实的模样活着的那种荒诞与幽默，无论你的真实自我正隐藏着还是已经重获自由。

感谢你来到这里，愿我们都可以变成自己想成为的任何样子。

宋玉

目录

第一章 001

第二章 012

第三章 026

第四章 043

第五章　凯茜 050

第六章 058

第七章 073

第八章　凯茜 083

第九章 093

第十章 108

第十一章 120

第十二章　凯茜 131

第十三章 136

第十四章 164

第十五章 176

第十六章　凯茜　183

第十七章　193

第十八章　207

第十九章　222

第二十章　232

致谢　247

译后记　251

“但他们那样伤害我。”小美人鱼说。

“骄傲必要付出痛苦的代价。”老妇人说。

——汉斯·克里斯汀·安徒生

第一章

你来到这里，不是出于自我意志。你来到这里是因为我首先对你产生了欲望。我以故意而为的魅惑手段引诱你：出尘的美貌、迷魂的歌声、六块腹肌、在血肉之上绣满鳞片的鱼尾。

忘记你所知的关于人鱼的一切吧。长久以来，你一直浸泡在全年龄适宜的童话故事里，而故事原文中的血腥与污垢统统被西装革履的人们洗刷殆尽。他们向你兜售粉饰过的虚假爱情。多亏了他们，以及他们效力的格子间公司，你才会以为人鱼都穿着贝壳做的比基尼上装，在腥咸海水中遨游，长着一头飘逸的红发。你以为人鱼要么渴望与长着两条腿的男性水手交媾，要么试图引诱他们溺死水中——这两种可能性只能二选一，绝不会同时发生。你以为人鱼痛恨自己的身体与尾巴，尽管正是这些部位蕴藏着她们的力量。你以为人鱼疲软无力。

你错了。

人鱼穿着连体泳衣，布料勾勒出阴部骆驼趾鲜明的形状。

人鱼没有头发，也没有头皮，只有乳胶泳帽，前额的脂肪被挤出来，宛如从几乎空了的牙膏管里挤出的残余。人鱼在氯水中遨游，在更衣室里茁壮成长，在泳道绳索上下穿梭。人鱼长出浓密繁盛的体毛，直到必须为了迎合空气动力学而将毛发统统剃掉为止。人鱼宁可吃四碗意大利面也不愿吃下一个男人——尽管男人的味道着实不错，人鱼也不愿把宝贵的胃容量浪费在这种没有营养的食物上，因为男人可满足不了生存，只能充当偶尔的甜点罢了。

人鱼不是天生的。我们是被造就的。

我在十七岁那年降于世上。我成为人鱼不是从蚌壳内的珍珠开始，而是在十一年级那年，从匹兹堡大学泳池更衣室淋浴间里的一个女孩开始。只有我一个人认为自己成了货真价实的人鱼，终于挣脱了人类女孩那短暂而卑微的生活。而在其他人眼中，我飞升前是什么模样，现在就也依然是什么模样。但那只是他们的印象、他们的看法罢了。

作为女儿：我的父母拒绝承认我的蜕变，他们假装我并不是人鱼，而是他们那两条腿的、成绩优秀的孩子。

作为顶尖游泳运动员：吉姆坚信我还是属于他的运动员，为他和他的队伍赢得种种比赛与积分的运动员。

作为最好的朋友：连凯茜都认为我依然是个女孩，她的女孩。

他们都错了。

媒体会怂恿你相信一夜成名这种无稽之谈，而在现实中，从女孩到人鱼的过程是极其漫长的。我的旅途足足花了13年，从我四岁那年开始。尽管在那之后的三年里，我都没有再接触过氯水——尚未学会渴求它，然后逐渐又学会推开它那漫溢着化学物质的怀抱。当回想起最初的那些岁月时，我会感到一丝眷恋，以及与之交织的深重疲惫。

我四岁生日那年，母亲送给我一本讲述世界各地人鱼传说的故事书。她以为书里的插图足以吸引我的注意力，这样她在繁忙工作之余就不必为我多费心思。她的计划奏效了，我不管走到哪里都随身带着这本讲人鱼的书，从学前班带到车后排的儿童座椅，然后再带回去。

“天啊，她一定很喜欢人鱼。她简直手不释卷，”我的学前班老师奥斯本先生在母亲接我放学的时候对她说，“她能看懂书里的字吗？”

“她当然能了。”母亲烦躁地说。她拽着我的手腕，气冲冲地走了。怎么有人敢把她的女儿当作文盲呢？即便在这么小的年纪也不行。尽管奥斯本先生更担心的其实是书里的内容，他认为我尚未发育完全的大脑会被每个故事里充斥的黑暗所腐蚀：残缺的少女、淹死的男人、被女巫夺走的声音。别提母亲送给我这本书之前其实自己根本没有读过内容，因此她一直错误地以为人鱼都是快乐、明亮、浪漫的。更别提这本书教给我的道理是，内心的阴霾并不需要被扼杀，而应当被珍惜——黑暗的存在是为了在无法承载辉煌的庸常凡人面前遮掩稀世珍宝的光芒，倘若我鼓起勇气潜入覆盖着神秘面纱的最深处，我就能攫取那隐匿的宝藏。

我梦想中的神话之庞大，远远超过了我女孩的躯体能容纳的极限。

奥斯本先生对我那被母亲“盖章认可”的早慧感到不可思议。他会对我进行他所谓的“五指测试”：从我手中抓起书，随机翻到一页，指着五个一组的单词，让我大声朗读出来。他会竖起五根手指，仿佛要和我击掌一样，盘算着我每次念错一个词，他就放下一根手指，直至他变掌为拳为止——那只拳头从来没有出现过，因为每一次经受测试，我都全部念对了。可他依旧热衷于抢走我的书，继续从早到晚考我，好像他觉得我只有在上午才识字、下午就会忘了一样。

我形容不出奥斯本先生的脸或是他的教室。如他这般无足轻重的男人，有关他的鸡毛蒜皮早已在我的记忆里消失。我却能轻而易举地回忆起他在我的书封覆膜上留下的油腻腻的手指印。我人生中第一次徒劳地试图向一个男人证明自己，是他带给我的体验。

我在书中最喜欢的传说，并不是最出名的那些。你应当听说过安徒生笔下与迪士尼改编的《小美人鱼》——我已经提醒过你，要忘记你所知关于人鱼的一切，但我知道你做不到，因为你终究是人类，永恒囿于人类世界的规章传统。但你要明白这一点：小美人鱼太迫切也太轻浮了。我讨厌她对自己那条奇幻的鱼尾以及对家庭的蔑视，讨厌她为了一个疑似热衷乱伦的男人化作泡沫，毕竟那个男人“像爱妹妹一样爱她”。

我讨厌的不仅仅是那些欧洲人鱼，我同样不认可书中提到的中国人鱼。其中有两条都在依赖男人：一条因为没有双腿而搁浅在沙滩上，需要一位船长将她抱回水里；另一条全身遍布彩虹绒毛，她嫁给了一个把她从大海怀抱中夺走的男人，在此过程中遭遇失声，最后又在丈夫死后回归水中。虽然我很欣赏后者的彩虹铠甲，我还是拒绝认同她们那种把一切寄托在男性身上的生活轨迹。

书中的第三条中国人鱼名为女娲，长着美丽女性面孔与蛇身的神祇。在天地开辟、清浊分明之后，她在地面游荡。纵然壮美的大地上有河流、山脉、绿树、红花，有许多生灵伴她左右，她依然感到无比孤独。她渴望得到能与她交谈、共舞的同伴。因此她用河岸上潮湿的黄泥捏造了有脸、臂和腿的人形。那些人形活了过来，围着她欢笑与旋舞，令她的孤独烟消云散。世间的每个人类都是女娲泥塑的后代。虽然我无比共情女娲的孤独，亦感谢她为我诞生这件事所做出的贡献，我却不屑于她对于获得人类陪伴的渴望——还有众多其他的生灵，它们的情谊比人类的情谊能带来的快乐要多得多。

我最喜欢的传说是一则帕萨马科迪寓言，讲两个女孩变成了水蛇。每个星期天，两个女孩都会赤身裸体、散漫放浪地去当地的湖中游泳与玩耍。村里的男人监视着这两个女孩，警告她们不要犯罪——自然，他们和其他男人一样，完全忽略了自己的私欲和虚伪。女孩们没有听话，于是男人们便来捉拿二人，想要由此让她们重获纯洁——然后男人们发现，女孩们已经化作水蛇，长发与美人面衔接着蠕动的、爬行动物特有的蛇尾。这个故事在基督教殖民主义的价值观的滤镜中，意在警告人们不要在星期天做出邪恶之举。但写故事的人并没能够看到结局的真相。我相信那两个女孩获得了自由，比我要自由得多。我忌妒她们得以从那些男人掌中逃脱。我将她们的进化视作恩赐，因为这样她们就能在水中终生嬉戏，无须再被男人的需求或是上帝的道德规训束缚。

我每夜睡前都会重读这则帕萨马科迪寓言，思考着我是否有朝一日也会遇到一个女性朋友，与我相连，交缠成两条水蛇。没有我的时候，她每晚都睡在哪里呢？在我们飞升之后，每晚又要一起睡在哪里呢？

开始念小学之后，我放弃了每天的人鱼故事诵读。在美国教育体系中，插图与民间传说早就丧失了一席之地，被已死的白人男性奠定的正典教材冲击得七零八落。严苛的学校日程表、作业，与生而为人的压力，让我疲惫不堪，不过我尚有喘息之机：我从未忘记我的人鱼。表面上，我在学习。而内心深处，我在追寻着水的轻盈，想要获得我想象中那些水生物一般的自由。

我们没钱在后院建游泳池，因此我恳求母亲送我参加游泳队。一年来她都拒绝我的请求，认为学钢琴才是正确的选择，直到她在网上读到一篇爆款文章，讲有哪些课外活动最能让孩子学会时间管理。在这篇文章的建议之下，她妥协了，从修车费里省下钱来攒出游泳队费用，以便以后我真有一天能够在毫无游泳经验的情况下获得入队资格。对她而言，我能学会自律的重要性要远高于她自己能安全驾驶。她无须亲身体验美式体育就能明白，培养一名运动员是很昂贵的。我任何一项课外活动都是她每月账单上的额外开销，但为了我的未来考量，这些都是必须花的钱。

她开车把我送到当地的高中参加选拔赛，那里的地下室就有一个游泳池。那时我七岁，穿着不合适的泳衣，连泳帽都没有。在那天之前，我接触水最多的时候就是在家里的浴缸洗澡。然而，当我跃入池中时，我感觉仿佛回到了家——仿佛我七年来的人生都仅是一场长途公路旅行，而泳池则像烫热的淋浴一样，霎时洗尽了我在路边摊和加油站公厕沾染的满身风尘与污垢。我自由、洁净，距离我梦想成为的人鱼又更近了一步。

多年后，当我决定要长出属于自己的鱼尾时，我不禁又回忆起了我曾经挚爱的那本书与书中禁锢的每一条人鱼。尽管书页都撕破了，上面的插画却依然鲜活如许，笔笔都在描绘我憧憬的水中传奇与冒险。每一夜，当我因长时间练习缝纫、对着细针眯缝而双眼疲惫时，我便重读书里的故事。每一页，都有鲜血留下的记号，来自我把针攥得太紧时指尖割出的伤口——

故事讲得有点急了。

总之，我在作为人类女孩生活的17年间，没有留下太多遗憾。回首往事而唏嘘终究是徒劳的。不过，我必须承认，我似乎真的希望凯茜能早点亲吻我，比如在某个赛季末的全队聚会上，在大家玩“真心话大冒险”的时候。女孩的冒险挑战里总有“亲吻其他女孩”这一项，我本该把这个低劣的借口好好利用起来。这样，当我独自躺在医院里时，就能靠着回忆她的嘴唇与我的嘴唇相衔相贴的记忆来慰藉自己——彼时我的鱼尾完美无瑕，却也危在旦夕。

但容我把话说得更清楚一点，这样你就不可能再误解我的动机了：虽然我的旅程看似孤独，我身上的伤疤却并不孤单。我是游泳队里唯一的氯水人鱼，却不是唯一自残的女孩。作为骄傲的运动员，为了能达到最佳状态，自残是理所当然的。有人减脂，有人增重，有人清肠。都一样。我们这些女孩一起把身体与自我打造成吉姆教练想要的模样，我们想要的模样。

我们残伤自己的毛发，宛如农民培育小麦般花几个月培育手毛、腿毛、腋毛和阴毛，最后在一个小时内，在大赛前的剃毛派对上把它们统统清除。刮刀在裹满奶油泡沫的小腿上划出一道道笔直的线，指腹如话梅般皱缩。我们互相帮忙在背后打肥皂，如同一堂青春期特供版萨福学习课。如果你帮我刮背，我就帮你刮背。我们从更衣室淋浴间走出来时，个个都像光洁赤裸的鼹鼠。

我们残伤自己的肠胃，吞入一碗碗生燕麦拌苹果酱、一摞摞香蕉核桃松饼、一盆盆番茄罗勒意大利面、一桶桶蛋白粉混拌蛋清奶昔、一锅锅水牛城辣鸡蘸酱。我们对基于日常摄入 2 000 卡路里热量而设计的营养成分表不屑一顾，对食堂里那些啄食小包装脱脂轻食草莓味希腊酸奶的干瘦女孩嗤之以鼻。

我们健美，却不轻盈。

我们残伤自己的美貌，尽管这种美貌也是由基于细窄手腕和伶仃骨骼的过时审美标准定义的。我们创造了一种更新颖、更高级的美貌，经由举重、爬楼梯、游泳训练千锤万凿而成。更厚的肩膀，更粗的大腿，更多的肌肉，更软的发丝，干裂的皮肤宛如横纵鱼鳞。

我们残伤自己的语言：8 × 200 码*中间 100 码全速，12 × 25 码起跳箱冲刺，8 × 400 码个人混合泳渐渐加速，6 × 25 码海豚式打腿，8 × 50 码个人混合泳，滚翻转身呼吸管踢水板拉力器。神秘的密码，黑板上的粉笔字，泳道间的窃窃私语，我们私有的话语。

我们残伤自己的血液。化学老师韦内齐亚先生教会我们渗透作用的概念，分子来回游动，直到两边的浓度配平相等。下课后，训练的时候，我们争论氯水是否已经取代了血管里的血液。我们戳弄彼此的皮肤，想象着氯已经沁入我们可被特定元素渗透的细胞膜里。我们即是水吗？我们即是在血池中游泳吗？哪怕是在离泳池几英里†远的地方，我们舔舔干燥的手臂，都能嗅到毛孔中透出刺鼻的化学味道。

但我们并未残伤自己的少女天性。我们是女孩，始终是，首先是，即便在我们当鱼的时候也一样，我们从未忘记这一点——即使队里有些人劳累过度，连月经都停了。训练后，我们在热气腾腾的淋浴间里脱个精光，年轻的肌肤因缺氧而变得绯红。我们互相偷瞄彼此的小腹，比较谁的更平坦，或

---

* 1 码约合 0.91 米。——编者注（如无特殊说明，本书脚注均为编者注）

† 1 英里约合 1.61 千米。

是胸部，期冀自己的乳房也能更大一些。我们抱作一团喊赛前加油的口号，手臂环绕身旁人的脖颈，前后摆头，跟着节拍唱念：为我们打气，看我们游弋，第一第一，永不言弃。我们用手环抱彼此的腰，协助彼此挤进价值300美元的竞技泳装里。如果穿上泳装的时间超过十分钟，那证明衣服太小了；但如果短于五分钟，又代表衣服太大了。

我们比足球运动员、网球运动员和田径运动员加在一起还要刚强悍猛，甚至把男子游泳队甩在身后。高中游泳队是个小世界，却完完全全属于我们自己——我们用一氧化二氢的铁腕牢牢把持大权。

现在你了解我生活的世界了吗？有多少残伤应当被视作恩赐呢？

我的大部分队友身上都有结痂与伤疤。他们害怕见血，所以身上的伤口都很浅。我怜悯他们的恐惧。有些时候我会在水中的避风港里来回巡游，充满好奇地观察凯茜、布拉德、艾丽、米娅、罗布乃至卢克的动向，看着他们去参加兄弟会联谊派对，去打薪水微薄的零工，我只会为他们感到悲哀——通过毫无回报的琐碎情感与毫无意义的退休金来寻求治愈，真是无用功啊！

尽管这些人曾经在我身上施以折磨，我早在很久之前就原谅他们了。人鱼并不会被身为人类时的前尘往事而困扰。

在我开始讲述我的故事之前，我必须提醒你，每条人鱼都是不同的。有的鱼尾由闪闪发光的鳞片组成，有的鱼尾则像我的一样，是皮肤、丝线和绳结织成的。在流行的大众语境影响之下，你可能会以为所有的人鱼都有着一模一样的经历、观点、长相和情感，但我向你保证，每一条其实都有独特的原点，造就了她们属于自己的神话，以及有关人鱼的正典本身：小美人鱼是为了男人，星巴克的人鱼是为了咖啡企业，女娲是为了友谊。而我成为人鱼的理由既不是为求陪伴，也不是图谋利益——我仅是在慢慢挖掘真实的自我罢了。虽然与我共享泳池的那些人与他们的行为可被视作我完成蜕变的催化剂，但他们的影响终究是微不足道的。不管是我的教练吉姆，还是我最好的朋友凯茜，还是我的父母、队友，他们眼中那个作为容器承载激烈病态之爱的我，都不是主要原因。我之所以完成蜕变，是因为我自然而然地成了自己注定成为的存在：一条在淡水、氯水、海水中都能肆意生长的人鱼，只要我有鱼尾，就可以适应任何一片水域。

曾几何时，我是一个女孩，一汪水，一段模糊的边界，一个在进化边缘彷徨的杂交种。

如今，我是壬·余。

我是 rén yú。

我是人·鱼。

我是人鱼。

这就是我的成长故事。

你准备好了吗？

第二章

正如许多其他的故事一样，我的故事也起始于一个可憎的男人。他的名字叫吉姆。他是我的游泳教练，而我是供他吸食二手荣耀的容器。

他给予我的荣耀化作金光闪闪的奖牌挂在我的脖子上。他给的越多，我想要的越多，索取的也就越多。每次游泳比赛都为我带来更多的桂冠，我的饥渴却难以餍足。吉姆为我提供能保证我一直赢下去的训练，因此我便将我的爱回馈给他。我爱吉姆，因为世上再无比运动员和教练之间更亲密的关系。

我第一次遇见吉姆的那天，也是我第一次进入泳池的那天。第一次下水——我如今的家，我的生命之源——这样的记忆居然与我初识吉姆是并行的，真是十分吊诡。但很可惜，几乎所有的人类记忆，都会因它仅仅是作为人存在时的记忆而受到侵蚀。

选拔赛时，我出现在泳池边上，对于母亲逼迫我穿上的粉色泳衣羞窘不已。泳衣的腰部系着皱褶重叠的蓬蓬裙。裙摆随着我迈出的每一步疯狂颤动，仿佛在提醒我它有多么丑陋。其他有望入选的选手看上去都像专业的游泳运动员，穿着宛如第二层皮肤般服帖的紧身泳装，头发被严密遮盖在泳帽下，而他们苛刻的父母则在盼望附身孩子来重现他们自己叱咤泳池的光辉岁月。我没有任何这样的装备。很显然，我也好、母亲也好，都不知道竞技游泳真正代表着什么，但我对水的渴望弥补了我在知识层面的匮乏。

我曾听过学校班里的其他孩子谈论自己上游泳课的经历。他们炫耀自己如何在基督教青年会（YMCA）的项目里层层升级：鳗鱼、孔雀鱼、鲦鱼、鲨鱼，仿佛我们是在生物课上学习海洋生物一样，而我却连一张YMCA的会员卡都没碰过。倘若着装和经验之间有任何联系的话，我可能很快就会证明自己是选拔赛中最糟糕的游泳选手。

尖锐的笑声萦绕着泳池。我为了给自己不和任何人交谈找理由，只得低下头拨弄着蓬蓬裙的网眼布。我的手臂与双腿裸露得太多了，就像未熟的虾被剥了壳。我很不习惯在父母之外的人面前如此赤裸。没有布料的缓冲，我的大腿很快就摩擦得生疼。

尽管我是如此不适，泳池边弥漫的温暖空气却依然令我平静。我对泳池并不熟悉，但我能感受到我会很快就爱上那个地方，那个被浓重的化学药品气息、毛毛虫般延伸的泳道绳索和非天然的深蓝色池水所簇拥的地方。我因这即将到来的激烈的爱而飘飘然，仿佛得到某种预感一般，十指传来一阵兴奋的麻痒。

扑通一声，水花四溅，今天的第一声水响。孩子们分开站成两列，大家都被这骚动逗得哈哈大笑。身材瘦长的姐姐把自己的弟弟推进了水里，她站在两列中间，骄傲地对大家鞠躬。我站在右边，望着那边咳嗽边吐水的男孩踩着水，又把头撇向左边，观察我的竞争对手。我瞥见一个苍白的男孩，然后是一个满头卷曲红发、脸上有浓密雀斑的女孩，穿着闪亮的簇新泳衣，令我艳羡不已。我能看出来，她父母应该以前也是游泳运动员——她的准备十分充分，看上去健美干练，充满了竞争力，和我恰恰相反。她拨了拨肩带，肩带已经陷入了她的肩膀，在皮肤上留下泛红疼痛的长长压痕。

"够了！"

一个男人从泳池旁的办公室走出来，卷着一股浑浊的烟味。他大步流星的同时，往嘴里塞了一把小饼干，又灌了一大口激浪碳酸饮料。家长被禁止进入选拔赛场地，因此这个男人得以在此行使他独一无二的成年人权威。震慑之下，我们立刻安静了，只余那男孩肉体轻轻拍打水面的声音，以及我们紧张的、低沉的呼吸声。

在我看向那个大汉的瞬间，我的蓬蓬裙突然散开了，粉红色的带子从我手指间滑落，垂落向下，拂过我的大腿。我不禁打了个寒战，难以分清我身体感受到的刺激是来自蓬蓬裙带那轻柔的爱抚，还是那个男人的存在本身。我永远忘不了我们第一次见面时的感觉。我的身体随着地面的每一次颤抖而震颤，与他每一次重重的脚步互相应和。我在思考他能如何让我变得更强壮。我希望能给他留下深刻的印象，希望能让他惊艳不已。

他在泳池边停下，就站在我们两列之间。他双拳紧握，咬紧牙关，下颌也随之紧绷。一根抽动的青筋从他的脖子延展到 POLO 衫的领口里面。我盯着他，感觉自己像是从起跳台上跳进了一个无底的泳池，腹部拍水，正在不断地下沉、下沉、下沉，肺里一点空气也没有，看台上也没有救生员在值班。他比我所见过的任何男性都更加可怕，比沙利文先生——我的三年级老师，他在科学课的时候为我们播放《国家地理》的视频，展示毁灭的地球——都还可怕。沙利文先生很喜欢大肆宣扬即将到来的全球变暖危机。因为沙利文先生的影响，我无法忍受夏天的干热——我渴望潮湿、凉爽、多雨的天气。比起温热空气，我更渴望冰冷的水。

男人指着泳池里的男孩：“你，从泳池里出来。你出局了。”

他的怒火又转移到了男孩的姐姐身上：“你也出局了。都出去，回家去。”

我们眼睁睁地看着男孩手忙脚乱地爬出泳池，他姐姐把他搂进怀里。两个人都在无声地哭泣。他们离开时，湿漉漉的脚步声回荡在泳池周围。

男人打量着我们，眉头皱了起来。他的眼袋很重。他的目光落在我身上，眼袋抽搐起来，吓了我一跳。

“如果你们谁能成功入选，最好学会管住自己的手。”他说。

他把那瓶激浪饮料向我们扔了过来。我们集体躲闪，空瓶子砸在瓷砖地面上的时候弹了起来。

他开始来回踱步："我是你们的教练。叫我吉姆就好。如果你们想入选，那就最好都听我的。"他摸向哨子，用肥硕的巨掌遮住了它。尖锐的哨声突然响起。我不禁用手捂住了耳朵。站在我旁边的男孩开始窃笑。

吉姆开始按照泳道给我们分组。个子高、年龄大的去第一泳道，个子矮、瘦弱的去第六泳道。我被赶到了第五泳道。

"好了，各位。在泳道后面排好队。"

我立刻向前一步，其他孩子在我身后排成一列。他们有正经装备，而我有自信。我充满热切的渴望。

吉姆又开始踱步了。"我们先做一个简单的热身运动。我吹哨的时候，排第一的人就可以跳水了。下一个人数到五，再跟着跳水。以此类推。先来四圈自由泳看看。"

他吸气，把哨子举到嘴边。然而，还没等他来得及吹响，我就率先跃入了泳池。我一刻都等不下去了。我已经离水那么近。我想在空着的池子里与水亲近——其他人的身体会破坏我的体验。而且那时我已经悟出，男人都喜欢我在无须他们开口的情况下主动去做他们想要我做的事。我想对吉姆证明我属于这里，尽管我身上还挂着散开的蓬蓬裙，头上连泳帽都没有。

在我的身体触碰到氯水的刹那，我开始生长：蓬蓬裙化作鱼尾，皮肤化作鱼鳞，手指与脚趾化作带蹼的附肢，肺化作巨大的容器。我眨了眨眼睛，那副自从我诞生起就遮在我眼前，而我对此无知无觉的眼罩便掉了下来——我在蔚蓝色深水下看到的世界比在氧气中清晰得多。我在水中矢矫腾挪，比在陆地上行走更为自如。我的双臂像风车般凌乱旋转，把拦在身前的水舀走。

当我第一次潜入泳池的时候，我只有自己一个人。从那时起，我便一直在追寻这种与世隔绝的宏大与崇高。

我抵达对面池壁时，抬起头想要折返，耳朵浮出水面。吉姆吹响了哨子。

我停下动作回头看，一只手臂在划水，另一只手臂搭在泳池的排水沟上。蓬蓬裙漂离了我的身体，和我的头发一同在水面散落开来，深蓝底色上绽开的粉与黑相互交缠。我感到头部沉重，头发湿透了。所有的孩子都一齐盯着我。

我挥了挥手。我还能做什么呢？即便是那时，我就已经明白了一件事：人类渴望品尝奇观。

透过刺痛的双眼，我瞥见一抹红色的卷发，而卷发的主人正凝视着我，大张着嘴。

吉姆沿着泳池边向我走来，这次的步伐比之前要慢多了，很是耐心。随着他步步接近，我内心的焦虑也随之升腾。或许我太莽撞了。或许这个男人以为我是在挑战他的权威。或许他会把我逐出这个我刚刚找到的庇护所，就像他对之前那对姐弟所做的一样。

他在我踩水的位置停了下来。我的目光平视他的双脚。他的运动鞋没系鞋带，鞋舌软趴趴的，鞋带被氯水浸透，遍布陈旧泥痕。

“积极进取，做得不错！”他拍拍手，对围观的孩子们大声宣布，“你们都应该学学——你叫什么名字？”

他蹲下身，把耳朵贴近我的嘴。我得意地小声说出了自己的名字，气息急促，嘴唇上还残留着氯水蒸发的味道。

吉姆站起身。我听见他的膝关节嘎嘣作响。

“壬。你们都应该学学壬。”他说道。我踩水的双脚因兴奋而颤抖。他伸出手来与我击掌。我轻轻碰了碰他的掌心，像一只跳跃的海豚一样破水而出，以变得和他一样高。他的手掌潮湿。拇指长得足以包住我整个手掌，碾碎我的骨头。当我们相触时，他笑了。池水轻柔地拍打着我的锁骨。

“真美，真是太美了。而且你很有天赋。我们一定会共度一段非常美好的时光。”他轻声说，对我眨了眨眼。

他再度吹哨，其他的孩子们开始纷纷跳入水中。

我们开始了。

~~~

选拔赛结束后，母亲来开车接我回家，给我带了一个餐盒，里面装满一粒粒对半切开的葡萄。我爬上车时，她皱了皱鼻子。我湿漉漉的头发带着的刺鼻氯水味，在狭小的空间里放肆地弥漫开来。在回家路上，我十分诚恳地感谢她答应带我来参加选拔赛。她看起来却很紧张，因为这代表我爱上了一项体育运动。对她来说，我不该感受到热爱。我仅仅应该把泳技提高到足以写在简历上的地步，让它帮我考上一所好学校。爱的力量太激烈、太失控。

“你确定要继续吗？”她问道。
~~~

“要的，妈妈，我感觉这是对的。申请大学时可以把游泳当作我的课外活动写进材料里。”我知道说什么话她能听得进去，“而且教练说我天赋异禀。”

“教练叫什么名字来着？”

“吉姆。”我又往嘴里塞了几颗葡萄，吮净葡萄皮上的汁液。选拔赛结束时，吉姆把我拉到一旁，告诉我他简直等不及要我加入游泳队了。他抚摸着我的脸颊，挂在肌肤上的几滴氯水也随着他指尖的动作滑落。我心不在焉地揉了揉脸颊，葡萄汁粘在我新冒出的粉刺上闪闪发亮。

“他在哪儿念的大学？”她问。

“妈！你干吗这么关心别人在哪儿念的大学？别打听了。”我翻了个白眼，把葡萄皮吐到仪表盘上，“他是个游泳教练。他去哪里上学不重要，能教好游泳才重要。”

我需要在母亲严苛的标准面前保护吉姆。来自一位体育权威人士的褒赏对我来说还太新鲜，我不想这么快就失去它——我惊讶地发现，别人因为我的身体而认为我是特殊的，感觉竟然如此美妙。我一直都很讨厌体育课，因为体育老师都说我一无是处。每节课，在我们该跑圈的时候，我都在慢慢走，无视他们吹哨的声音，低头专心寻找四叶草。陆地上的运动和课间游戏对我来说也难于登天。我不理解为什么所有同龄孩子都总是想在外面玩。我尽最大努力想要融入。邻家孩子们琢磨出什么游戏，我就跟着他们玩什么游戏，没人为我解释，我便自学规则。但我在躲避球比赛中永远不够快——每场比赛结束后，我全身上下都会布满被球击中过的圆形瘀痕。拔河的时候我会脸朝下栽倒在泥土里。玩“定格”追跑游戏时，哪怕我没有被追到，我也会假装自己定格了，这样就可以一动不动地站着。我的力气永远不够在“攻垒手拉手”中冲破对方阵营成员拉紧的手，每次玩游戏我都提心吊胆，生怕自己被喊去攻垒。最终，我放弃了社交活动，只是一个人待在卧室里，为我的玩具编造幻想故事。后来，母亲为我买了那本人鱼传说故事，我才开始追求更多。

水里的感觉不一样。那里是我的家。而吉姆是一个明确认为我与众不同的成年人。

在吉姆的专注的目光里，我的身体会绽放。

~~~

我被录取入队，和红色卷发的女孩、几个在选拔赛那天见过但是不认识的孩子一起。后来我知道了他们的名字：凯茜、米娅、卢克二世、布拉德三世、艾丽、罗布。一些平常的人类名字。被赋予意义的英语单词，从祖父母或叔伯那里传下来，加以某种升格——比如二世或是三世——以强调他们历史厚重的美国血统。

我的名字比他们的都要简单：Rén，写作“壬”也可以写作“人”。Yú，写作“余”也可以写作“鱼”。壬·余既不是传统的中文名字，也不是典型的美国英文名字。但母亲认为它象征着她自己的母语与第二语言在移民过程中发生了退化，从而碰撞交融出一种包含两者的新语言。
~~~

壬·余也是个很容易记住的名字。母亲相信一个简单的名字就能保佑我安稳地度过一生。这样我便可以不显眼，不引起他人注意。然而，就在训练开始的第一周，吉姆让我们做破冰游戏自我介绍的时候，我的名字反而给我惹来了特别的关注。尽管我的名字只有一个音节那么长，我的队友们依然在念出它的时候困难百出。

布拉德有着和泳道绳索一样粗的大腿和眉毛。他边挖鼻孔边说道："你说你的名字叫 Ren？还是你刚刚只是咳嗽了一声？"

卢克湛蓝的眼睛困惑地眯了起来，抓了抓金色的头发。他巨大的手跟身体不成比例，宛如船桨一般，那双手日后会帮助他成为队里游得最快的男孩："你是想说 Jen 吗？你的名字叫珍？"

艾丽尽管和卢克没有任何关系，但只要她站在他身边，就总会引起别人的疑问：他们到底是同胞兄弟姐妹，还是一对情侣？诚然，他们两人都是金发蓝眼，完美无瑕。艾丽问："我能叫你 Renny 吗？蕾妮？我觉得这样才比较合理。"

米娅伸展着长腿，在未来，那双腿将推动她成为本州最厉害的仰泳运动员："Ren？我从没听过这种名字。这是什么更复杂的名字的简称吗？"

罗布素来是除凯茜之外队里唯一还算友善的队友："嘿！咱俩名字的首字母一样！"

凯茜，红色卷发的女孩，站出来拯救了我，让我不至于因为破冰游戏中的窘迫而跳进泳池把自己淹死："我很喜欢你的名字。”

吉姆在选拔赛期间就已经注意到了我，随着时间推移，他对我的关注也越来越多。他在注意到我的游泳天赋的同时，也注意到了我在外貌上的优势。因为吉姆身负两项绝技：教游泳，以及预测哪个孩子会出落得火辣美貌。这两项技能相辅相成。美人总是游得更快。是技术决定了美貌，还是美貌决定了技术？

吉姆会对我赞赏有加，引导着我的手臂和腿摆出正确的姿势。他很喜欢抚摸我。当然，不会摸任何会被判作违法或是虐待的部位。他的抚摸没有一次会让捧着这本书的你因嫌恶而掩卷，没有一次会让你排斥到对我的整个故事都失去兴趣。一切都很合乎教练的规范：他的手搂着我的胳膊，将它们抬起拉成更紧凑的流线型；他的手掌紧贴着我的手掌，与之相击以示鼓励；他推着我的臀部教我先在陆地上学会日后水中要用到的起伏动作。我不介意——我是个美丽的人类女孩。美丽到我能理解为什么他想要触碰我。美丽的东西注定会被触碰。因此美术馆的地板要打上禁入的胶带，红毯边要用围栏分隔狗仔和明星。我很荣幸能成为吉姆最心爱的信徒。在他那和蔼的、属于年长男性的目光里，我熠熠发光。他发令，我聆听，即使他的指导内容有时与游泳毫无关系。

“你得保证衣服不能太暴露，显得放荡。”

“你得保证别用美貌挑逗别人。”

“你得保证毕业之后一定要回来看我，把你交往过的每个男孩都跟我好好讲讲。”

直到现在，多年以后，有些夜里我依然会从痛苦的梦中惊醒，上气不接下气，咸味的汗珠与含盐的海水混在一起，他的命令在我脑中回荡。

~~~

有了触碰、媚语与咸湿，也就有了保护。

每到秋天的第一天，吉姆就会用泳队家长协会提供的资金去摘苹果，将一桶桶苹果扔进泳池。接下来，他把我们分成人数均等的两队，每队男女人数相等。“抢苹果”游戏中一切公平。他一吹哨，我们就跳进池中，一边游一边张大嘴巴咬住浮在身侧的苹果，再把苹果吐到属于自己队伍那一方的池边。最后，吉姆会清点苹果的数量，苹果更多的那一队这一整天都不用再训练。

我开始游泳一年后，秋天的第一天，艾丽误把米娅的额头当作了红苹果，撕咬下一块皮肤并囫囵吞了下去。红色的血从米娅前额喷涌而出，把蓝色的池水都染成了紫色。米娅不得不赶去急诊室，在额头伤口上缝了十针，正好组成艾丽牙印的锯齿形状。艾丽开玩笑说，米娅尝上去就像酸溜溜的野苹果。在这个意外发生后，我就不敢再参加游戏了——我只敢沿着深水区的墙壁游，避开队友们的牙齿。吉姆会大骂其他人动作不够快、咬得不够狠，却对我睁一只眼闭一只眼，纵容我浮在旁边。当所有的苹果都被捞起后，他就把自己另外藏在办公桌后的苹果偷偷拿出来堆在一起，大力祝贺我，
~~~

说这是独属于我的、独步无双的苹果堆。我顺从着他的谎言，沐浴在队友妒羡的目光中。

~~~

吉姆终于建议我主攻一个项目，因为在某个泳姿上出类拔萃能够让我在以运动员身份申请大学时更具优势。

自由泳、仰泳和蛙泳都如此简单，只要双腿打开、手臂做出本能动作就好。何必走捷径呢？于是我选了蝶泳，四种泳姿里最难的一种，也是唯一一种需要双腿并拢、全身用力的，泳者需要坚实的腹肌、有力的手臂、强劲的踢腿与灵活的腰胯。

我最爱蝶泳，因为我喜欢身体在水面滑行的感觉，如同吉姆的抚摸一样轻柔。在水中，我的双臂扇动如翅膀，我的头前倾后仰寻找花粉，氯水就是我的花朵。我如幼虫般将自己裹在泳帽和泳镜组成的蛹中，等待破茧而出的一刻，速度飞跃般地提升。

我开始在一些比赛中脱颖而出。我成功地引起了许多当地教练和选手的注意。在此之前，他们根本想不到一个长得像我这样的女孩也可以击败他们。

作为人类女孩的时候，我热爱胜利。胜利即是极乐，极乐即是置身众妙世界——黑洞、群星与星系在泳镜边缘纷纷涌现，那是一整个献祭给独属冠军的无上高潮的宇宙。极乐即是飞升，我在后来抛弃人形化作人鱼的时候也感觉到了。
~~~

极乐即是抵达力竭的边缘，几欲昏迷，直至肾上腺素清脆的耳光让你猝然惊醒。极乐即是肌肉在燃烧。极乐即是做第一个把手掌拍在池壁上的人，在水中握拳，浸没在观众吼叫自己名字的狂潮中。极乐即是以谦虚之态俯首等待一枚金牌挂上你的颈子，是在教练拭去你眼中喜极而流的泪水时握紧他的手，是给父母拨去电话告诉他们你赢了，又一次赢了。对，又一次，妈妈。我又一次赢了。你没听错。你现在会为我感到骄傲吗？

作为人鱼，我现在认识到，胜利代表着将自我置于一个特定的结构中，以它来凌驾于其他的身体之上。这个结构从根上就是虚幻的。只要有一个人输了，就不存在真正的胜利。

但在那时，哦，我是多么痴迷于获胜。那种热潮！你们这些可悲的人类啊。你们永远不会变成更好的存在——尤其是当胜利如此令人上瘾的时候。

第三章

我开始在各种比赛中夺得第一的同时，父亲离开了家。每次我怀着获胜的雀跃从游泳比赛归来，只要一脚踏进缺少了父亲的家里，就会立时泄气。从国籍、身份来说，他并不是外国人，但由于我们生活在地球上十分无聊的美国某地，他的长相和性格都让他显得堪比外星人。尽管我和母亲都试图劝服他，外星人远比普通人更有魅力，他却渴望能只听、只说他懂的语言。英语是殖民者的语言，我的父亲一生都在讲着比英语复杂得多的中文，他做不到让自己的思维变得更简化、更线性，以此把英语学好。在美国这样的地方，他绝无可能操着一口带口音的英语还能获得成功，于是他选择回归中国创业。他答应一定会寄钱给我们。当移民者反向移动，从那被粉饰为“梦想”的噩梦中惊醒、意识到还是回到母国更好，这又该叫什么呢?

我们把他送到了匹兹堡机场。机场很小，只有一栋楼、一条安检线和两个登机口，这已充分证明匹兹堡与世界其他地方相比起来是多么微不足道。当时是凌晨 4 点，所有人都困倦不已，夜空呈现出黎明前的深蓝色。虽然父亲的航班要到上午 11 点才起飞，他依然坚持提前抵达候机，留出充足的时间应付安检或是签证相关的问题。他从没有一次能够在我训练或放学后准时接我回家，但他赶自己的航班时宁可提前七个小时抵达。

下客处的吊顶被警灯映得红蓝闪烁，巡逻的警察时不时在车旁停下，确保送客的人们告别不要超时。虽然父亲要离开好几个月——具体是几个月尚且待定——但是他只带了一个小行李箱。

“别担心我。在中国什么都买得到。”当我问他为什么没带衣服的时候，他这么回答我，然后亲了亲我的面颊。

“你什么时候回来呢？”我问。母亲敲了敲方向盘，竖起耳朵，坐直了身子。她也想知道一个答案。

“等你的 100 码自由泳成绩能到一分钟之内。”他回答道。警灯的光芒在他眼镜片上掠过，将他黑色的眼睛映成了蓝色。他鼻梁上的眼镜往下滑，他伸手推了推镜框——他答应我，一旦到了北京就会立刻去配一副更适合亚洲人鼻形的新眼镜。

我郑重地点了点头。我离那个目标已经很接近了——现在的成绩距离 59.99 秒只差 4 秒。为了成功，我愿意孜孜不倦地训练。只要能让父亲早点回家，只要能让母亲别再那么悲伤，我做什么都行。

他摸了摸我的头便离开了，行李箱磕磕绊绊地坠在他身后，后轮已经开裂坏掉了，贴着水泥地隆隆作响。他太固执，也太吝啬，不愿换个新的。只要这个东西的核心功能不受影响，又何必为了它再多花钱？行李箱就算再磕磕绊绊，也能载着他的东西顺利漂洋过海。我向他挥手告别，他却都没回头看一眼。我试图无视母亲的哭声。她拒绝下车来和父亲正式道别。

父亲的身影在宛如洞穴般的机场入口渐渐缩小。最终他彻底消失了，而在意识到我们已经彻底分离的一刻，我的心裂开了。我与人类之间的某条纽带断了。

如果父亲可以离开家，那人鱼女儿也可以。

~~~

母亲倾尽微薄之力，想要弥补父亲的缺席。每天训练后她来接我，都会带来精心准备的水果：桃子片、橘子瓣、对半切开呈爱心形状的草莓。还有一次，她甚至带了一只切成四瓣的柿子。在我们居住的那个位于美国的小角落，柿子是很罕见的。开车回家路上，她便给我讲故事，说起北京有许多柿子树，她小时候会从街头小贩那里买冰冻的软柿子，吸吮里面的甜汁。

父亲不在了，她就成了单亲妈妈。如果能和其他家庭拼车同游的话，生活会轻松很多。但是没有人想和我们拼车。没有人和我们讲话。我们甚至不知道可以主动邀请别人，因为我们俩显然都没意识到，所谓的拼车同游（carpool）是载满一车人出行，而不是开车（car）前往泳池（pool）。

尽管花费了大量金钱、时间与精力，她依然支持我游泳。
~~~

每个晚上父亲都给我们打微信视频电话聊天——他的早晨，我们的晚上——我坐在隔壁房间里都能听见他们争吵的声音，参加比赛的酒店费、竞技泳衣费、队费、未来父亲往返美国的机票费，每一笔开销都令我们拮据，每一项事务都很贵。但母亲从来没有对我说过一个不字。

我没法对父亲生太久的气。他的离开对全家而言是最好的选择。如果我始终对愤怒与痛苦耿耿于怀，那只会适得其反。心胸狭窄的人类无法做到宽恕，才会抱持着怨恨。我理解他需要重拾自尊，而我需要专注于学业和游泳训练。此外，我身体里还有另一种痛苦正在生根发芽，比又一个人类父亲抛妻弃子——看，多么老套的故事啊——所带来的痛苦更刻骨、更切肤。

父亲离开一周后，血块如同爆裂的水球一样从我体内喷射而出。殷红黏液从我体内滑落的速度比我全力冲刺时的100码蝶泳还要快。我不愿承认那所谓的月经真的来了，它从我身体里奔涌而出，与其说是温和的星星点点，不如说是摧枯拉朽的感叹号。它不是一个平淡的句子，而是一声呐喊。为什么我在学校里从未学到过，青春期的到来会如此恐怖？

生理健康课在描述月经的时候，只会用干干净净的专业术语。教课的雷吉小姐同时兼任生理健康课和体育课的老师，她总穿着皱巴巴的运动装，用投影仪为我们展示，子宫内膜脱落代表没有怀孕。那些医学插图整洁明了，浅显易懂。但我自己的月经是课堂内容的反面——令人脏腑翻涌的残酷暴力，标志着结束的开始。母亲坚持认为，月经标志着成为成熟女性的开始与纯真孩童时代的结束：月经将会带来胸、臀、胯，还有垂涎的男孩。吉姆则声称月经标志着成为成熟女性的开始与高速游泳能力的结束：女性曲线不利于泳者在水中保持流线型。

那年我十三岁。我完全不理解究竟发生了什么事。我流出的血浸透了内裤，那是我和母亲去塔吉特超市买的 20 美元五条内裤组合之一，我俩习惯共享战利品——她穿两条，我穿三条。我的血渗到了燕麦般米黄的餐椅软垫上。我走到哪里都留下血迹，让人想起路上被轧死的动物——宾夕法尼亚州鹿的数量过剩，每次我坐上自家的车出行，不管路程有多短，我都会做好心理准备迎接路边水沟里鹿尸的惨状。有一次，母亲开车送我去游泳训练的时候撞到了一头鹿。它的身体翻滚着，随着一声闷响，砸到了风挡玻璃上，继而滑落在地。有好几个月，我们既没有时间也没有钱来维修玻璃上的裂痕。我脱下裤子时看到的大团血迹让我想起市交通局卡车上的大铲子，一铲下去，舀起一摊曾被称为母鹿的黏糊血肉。

在月经初潮那天，比起成熟人类女性，我更像那头死鹿。成为女人的过程总是如此暴力、生猛吗？

我不想承认。我把染血的内裤扔了，这样母亲就不会发现。但她已经流了 25 年的血了。我起身的时候，她立刻认出了餐椅米黄色软垫上的污渍。

“你来月经了，宝贝。你现在成为女人了！”她拍手尖叫，仿佛我不是把经血漏在了家具上，而是成绩单拿了全优。

“不，我没有。”我说。我倔强地把手臂抱在胸前。

她把筷子用力摔在桌上。“你现在是女人了，就该表现得像个女人，”她说，“是时候了。”

母亲推我去卫生间，看着我试图戳弄自己的阴道口。她对我的同情随着时间推移而渐渐化作了不耐烦。我第二天有游泳比赛，如果我学不会用卫生棉条，就没法参赛——听说不能在泳池里排出血或其他体液，这对我而言倒真是个新闻，毕竟每天训练的时候都有大量的尿液离开我们的身体融入水中。吉姆从不会让我们因为内急而耽误哪怕一秒的训练时间。我也忘不了米娅额头伤口淋漓的鲜血和泳池氯水混合在一起的那一幕。

“把它塞进去，然后用拇指把导管推上去，我的傻宝贝。”

“进不去！”我哭喊道，手上滑溜溜的。

“你这个笨蛋，你明天还想不想游泳了？塞进去推一下就行了，多简单的事儿。”她暴躁地比画着动作，“会疼一下，但后面就好了。妈的！”

我开始号啕大哭。周围的地板上凌乱地散落着被丢弃的染血棉棒，每一根都昭示着我的失败。我的大腿因为长久保持蹲姿而酸软不已，颤抖不止。吉姆准予我的那点赛前休息时间现在也泡汤了。我愤怒起来，为什么我要被迫在这里把硬纸板和棉花制成的管子塞进自己的阴道，而不是塞进阴茎或手指——我在享受快感之前先学会了承受痛苦。我一直在哭。大汗淋漓。氯水、盐水和血从我的皮肤上疯狂地渗出来——一个焦头烂额的少女泳者的身体分泌物。

她叹了口气。她脚步重重地走到水槽下的抽屉前，在里面翻找。然后她转过身，递给我一个沾满灰尘的塑料瓶。

“把这个涂在卫生棉条上。”她说。

我眯着眼睛读瓶身的标签：纯天然有机私处润滑油。

我把满腔疑问咽了下去，在导管上挤了一大块润滑油，双手在涂抹棒上滑动。我把手探到身下，向上刺入，血、滑润润的油剂和其他体液在重力牵引之下顺着我的手腕往下淌。

有了润滑油的帮助，胜利就变得简单而迅速。我的阴道如饥似渴地吮吸着棉条。我第一次成功在阴道里插入卫生棉条发生于凌晨 2:01，距离母亲发觉餐椅上的污渍已经过去了七个小时。

~~~

凌晨 3:00，还有四个小时我们就要出发去比赛了。我的五脏六腑都在痛，令我无法入睡。我站在镜子前检视着自己的身体。

雷吉小姐说，初潮之后，我的身体就会改变，但我并没有看到任何显著的不同。我戳了戳酸痛的乳房，脂肪像海绵一样陷下去又膨起来，但我身上唯一明显长大的部位就是我那属于游泳运动员的肩膀以及背肌。你肩膀上可真是扛着整个世界呢，不游泳的同学在乘校车的时候这么取笑我。我并不介意他们的嘲讽——我喜欢自己肌肉发达、结实宽阔，尽管很多女式上衣我都穿不上。有几次，我的胳膊做出拥抱的姿势时，不慎绷开了几件衣服后背的缝线。如果我的胸和胯
~~~

想跟上我身体的其他部位，那它们可能得长快一点。

我绷紧手臂。镜子中，肱二头肌隆起。峡谷般凹凸的肌肉线条在我指尖下流过，几欲侵蚀皮肤。我在心里犹豫着要不要走去厨房，拿一把刀，将刀刃按在身上，一刀一刀雕刻出更鲜明的肌肉形状。吉姆说，我身上的肌肉越多，我就能游得越快。用刀刻比举重更轻松。当然，也更血腥，但我反正也在流血了，不是吗?

一阵痉挛突然来袭。我立刻忘记了肌肉的事情，身子蜷成一团，注意力全都集中在我身体深处正在发生的暴行。受制于这具处于青春期、发育中的女性身体真是可怕。

~~~

母亲把我送到了游泳比赛场地，轻声祝我好运并提醒我要塞进去推一下，她的手臂夸张地在空中挥舞着。汗水在我大腿下凝结干涸，和闷热的皮座椅粘在一起，当我迈出汽车这个保护茧的时候，皮肤蹭着皮椅发出吱吱的声音。我示意她可以离开了的时候，不禁瑟缩了一下，希望没有人看见她做出这些奇怪动作。我们离家前，她本来要帮我再塞一次卫生棉条，但由于我睡过了头，我们已经迟到了，热身也快结束了。还是尽快赶到比较好，因为时间拖得越久，吉姆就越有可能用椅子砸我的头。他最讨厌不守时。他给我灌输的观念一向是早到就是准时。

我必须靠自己把棉条塞进去——母亲不在。她从来不看
~~~

我的游泳比赛，因为她太在乎了。我游得不好时她和我一样失望，我赢下比赛时她也和我一样激动，且无法排解之后的空虚感与情绪上的大起大落。不仅如此，她还讨厌其他选手的家长，因为每当他们自己的孩子上场，他们就会突然化作大喊大叫、手舞足蹈的怪兽。每次她试图与他们攀谈，他们都只会甩下一句“对不起，听不懂你的口音”。

我走到泳池边上，丢下包，开始脱衣服。我对吉姆挥了挥手，他正站在泳池的另一边。他用大拇指示意泳池的方向，示意我得快点开始热身。我点了点头，朝更衣室做了个手势，表示我准备好就马上过去。我把裹在淡色包装纸里的卫生棉条攥在手里，走向更衣室。路过的看台上坐满了我们的对手，一层层按照不同专业等级的泳装和泳队颜色分布。我在穿过一大群头戴棒球帽、手持写字板和秒表的教练时屏住了呼吸。他们身上散发着男人汗臭、烟臭和褪色旧日荣光的霉臭。

更衣室空无一人，大部分女孩都还在热身中。厕所区阴暗、陈旧，带着一股霉味，和我从小到大待过的其他泳池更衣室如出一辙，唯一的光源只有头顶的荧光灯。干涸的氯水、汗水和佳得乐运动饮料让地面黏糊糊的，隐形的微小细菌和虫子爬过我赤裸的双脚，令我不禁发抖。我要是穿了拖鞋就好了。

我走进一个隔间，按上门锁，故意撞了撞隔间门测试它的结实程度，换着跳脚，希望我频繁的动作可以把地上那些毒物震走。隔着墙，我听见主持人宣布比赛开始。我把泳衣褪到脚踝，在潮湿的空气中瑟瑟发抖，然后撕开棉条的外包装。我随手一捅，身体还在因为昨夜的折磨而疼痛不已。

我的阴道口一阵紧缩。角度没找对。棉条塞不进去。

我重重地在马桶上坐了下来，让手臂和阴道都休息一下。我听到更衣室里传来一阵窸窸窣窣的声音，然后是水龙头的水流声。可能等来了救兵。我站起身，按开门锁，探头去看。

浸水后越发不驯的红色卷发从一具苍白的身体顶端披散下来。镜子里，雀斑如尘土般星星点点。

凯茜。

镜子里的她抬起头，看见了我和我那只血淋淋的手从门缝里一起探出来。她尖叫一声，转过身，紧紧抱住胸口。

“壬！你在干什么？你手上是什么？血？”她倒吸一口气，在荧光灯下显得更加面无血色。

“凯茜——我需要你帮帮我。拜托了。”

“发生什么事了？为什么会有血？”凯茜眯起眼睛努力打量我，“你看上去很累。你还好吗？”

虽然我们年纪还小，但我们脸上往往写着如出一辙的疲惫，代表着我们是如何为了游泳训练而放弃休息时间。那一天，我的脸色是所有队友中最差的。我的黑眼圈、肿眼泡和憔悴的干纹无一不在昭示昨夜贫瘠的休息。

“各就各位……”主持人闷闷的声音隔墙传来，然后是比赛开始的“哔”一声，在瓷砖墙壁间回荡，预示着又一场比赛结束了。

“你能到隔间里来吗？”我问，“求你了。”

“呃——”

我没有给凯茜拒绝的机会。我伸出那只干净的手钳住她的手腕，把她整个人向前拽。我几乎一丝不挂，泳装褪到了脚踝，在跨过隔间门的时候，她的身体和我的身体紧紧地贴在一起。在狭小的空间里，我们的身体之间仍留有些许余地，但我感觉倘若深吸一口气，我就能把她吞下去。

她盯着我，张着嘴，令我回想起选拔赛那天我隔着泳池看到她的样子。

“你用过卫生棉条吗？”我问，不耐烦地在铝制垃圾箱上敲了敲手指。

“没有，我不用。我在吃长效避孕药。”

“操。”

凯茜突然来了精神。“但我妈妈给我示范过一次怎么用。”她主动补上一句。

主持人宣布男子 50 码自由泳第一组开始。下一项就是我的比赛。我在第三组。我必须加快速度。我抬起左腿，左脚踩在马桶圈上，沾满鲜血的手紧紧攥着被血浸得湿软鲜红的硬纸板导管，狂躁地对着阴道比画着。

“我到底要怎么把这个鬼东西塞进自己里面？”我问。

凯茜坚定地仰头凝视她头顶的墙壁，宁可看向任何地方都不看我的阴道一眼。

“我觉得应该是 45 度角塞进去。”她说。

“往肚子还是往后背方向倾的 45 度？”我问。

“肚子吧。”她说。

我的手肘不小心磕到了隔间墙上：“我操！”

凯茜笑了。

“别笑了！你真幸运。我妈才不会让我吃长效避孕药。”我瞥了她一眼。一行鲜血顺着手腕向下蜿蜒流淌，汗珠缀满脸颊。大腿上有干涸的血斑，一路延伸到赤裸的阴道。没有阴毛。我确信凯茜的阴部也是一样。我们所有人都把毛发刮得干干净净。毛发越少——哪怕是被泳装遮住的毛发——游得就越快。没有阻力。

我不知道我和那根卫生棉条究竟谁更萎靡一点，或者我们俩半斤八两。一阵轻微的痉挛阵痛从身体里传来。我的脸抽搐了一下。凯茜注意到了我的异动，皱了皱眉头。

“你想要我怎么帮你？我又不能帮你把它塞进去。”

“为什么不能？”我问。

“什么？”

“你就假装我的阴道是你的好朋友，你想要帮她一把。快点，我不把棉条塞进去就没法出去。”我说。

“我做不到！”

我突然来了灵感：“给她起名叫‘佩凫洛普’怎么样？或者随便别的什么，这样是不是能容易点？就叫佩凫洛普，因为她会尿尿。”

“你要给你的阴道起名佩凫洛普？”她问。

“对。佩‘凫’洛普会尿尿。”我嬉笑道。

“我的天，你快闭嘴吧。”她说。

“凯茜，佩凫洛普真的需要你帮帮她。好不好？求你了？”我苦苦哀求，噘嘴撒娇，故意扑闪睫毛。

她从我手中一把夺过卫生棉条。我们的距离更近了。更衣室腐臭的氯水味和浑浊的汗味愈加浓重。

“你得深蹲。”她说。

“怎么蹲？”

“这样。”她拍了我的大腿一把，让它们横向打开。她拍打过的肌肤一阵战栗。我摆好姿势后，她开始朝着我后腹部的方向，反复试着把棉条塞进我腿间阴道下方的空隙里。凯茜将一只手撑在我的头旁边维持平衡。我被困住了。她倾身进入我两膝之间。她的呼吸逗弄着我的侧颈。我望着一缕氯水从她的发梢滴到肩膀上。

我没反应的时候，她就不停地隔空戳动，保证示范动作准确。

“唔，对，就是那里。”我一边呻吟一边忍不住咯咯笑起来。

“你说什么？”凯茜又气又急，直起身子皱着眉头盯着我。

我笑得连身上最坚硬的肌肉都在发颤。“你看上去就像在给我打飞机一样。”我狂笑道。

“打飞机又是什么意思啊？”她质问道。

“没事，没事。来，把它给我吧。”我说，摇了摇手指。

我抢过棉条，它已经湿到甚至无法自己立直。我深蹲，然后以凯茜示范的角度把它一下塞了进去。它毫无阻碍地滑入阴道，轻松得仿佛在嘲讽我刚才的焦虑。

“好了！放进去了，我觉得是进去了。”我直起身，双臂像十字一样展开，撑着厕所隔间墙壁站起来。我扭动臀胯，想试试看能不能感觉到体内的棉条。

“我手上全是你的血。”她说。她戳了戳我的上臂，留下一个水红色的点。

我又爆发出一阵大笑，很快她也笑了起来。她笑起来的声音很低沉，仿佛肚子都要炸了。我的手从墙壁上移开，去掐自己的侧腰，在隔板上留下一串血手印。这饱含荷尔蒙罪证的犯罪现场令我们俩都笑得更猖狂了。

“幕后‘红’手，当场抓获。”我呛喘着说。

“闭嘴。佩袅洛普怎么样了？她开心了吗？”

“她说她很开心！”我边咳边说，笑得太厉害以至于无法呼吸，被自己的口水呛住了。

主持人的声音再次在更衣室响起，宣布女子200码自由泳比赛开始。我清了清嗓子，欢乐的笑声顿时随着近在咫尺的比赛而消散。我轻轻抚摸佩袅洛普。我用手背擦了擦嘴，尝到了血味。

“好了，咱们走吧。你能帮我把泳装提起来吗？”我问。

凯茜点点头，一只手捂住嘴，试图堵住笑声。我把泳装拉过胸部，挑起眉毛望着她，等待着。她靠近了我——再一次——提起左边的带子，然后是右边的，绕过胳膊，箍住肩膀，调整位置，直到它们正好落在三角肌上。皮肤被氨纶纤维面料勒得泛白。泳装很紧。一切完美。

我走到洗手池边，用肥皂清洗小臂。血水顺着排水道流下，把白瓷染成红色。

“你也该洗洗手。”我望向镜子中的她。她站在我身后，凝视着打开的手掌。她没有理我，而是专注地看着手指和掌中的血迹，仿佛入迷。

“谢谢你帮我忙。”我轻轻地说。我的声音太小了，因此我并不确定凯茜能否听得见。毕竟外面依然隐隐传来比赛的喧嚣：人群的絮语、泳者的叽叽喳喳、教练尖锐的哨声。我们笑过之后，声音好像在同一刻涌回到更衣室中，仿佛我们之前共度的那一刻实在太过庄严肃穆，实在不宜被琐碎的杂音打扰。

“我们走吧。”我大步离去，把几缕杂乱的碎发塞进泳帽里，边走边活动着肌肉，双臂在头顶呈流线型，腿交替弯曲踢臀，拉伸大腿股四头肌。我在厕所隔间里得到的热身已经足够了。我回归了竞技状态。

我前面那组选手已经游到了最后一圈。只要再晚一点，我就会错过比赛。我们一起走到我的泳道前。我走过去之前，她抬起手与我击掌。

“祝你好运。”她说。

她的手掌依然是猩红的。她没有洗手。我的血和她的皮肤融在一起。

人体生物钟逼得我不得不蜷缩在热水瓶旁，而不是游泳浴巾里。一般来月经的时候，我依然会努力不缺席训练，但有些时候疼痛感实在是太剧烈了，就连我都难以忍受。当我终于对吉姆承认，有时候月经期间我只能钻进被窝而不是泳池，他拥抱了我，对我说我长大了。他多肉的大手揉捏我的臀胯，检查那里的脂肪是否已经悄然增长起来。吉姆开玩笑道，作为教练，他很生气胸臀会减缓我在水中的速度，但作为男人，他迫不及待地渴望着胸臀能为他带来的视觉享受。他对我眨眨眼，再次提醒我，他可曾是宾夕法尼亚州立大学的蛙泳明星。他为我的流血而感到骄傲。这是不可避免的过程。

我的月经持续了下去——循环不可避免。然而，每个月我都依然会因为那种暴烈的疼痛而震惊，仿佛我在拒绝相信自己的身体：一样我信任多年的东西，竟然还会反复地背叛我？胃从内部吞食着自体，我被迫加入这场狂欢，尽管我一点饿感都没有。持续四天至六天的盛宴，主食是胃痉挛，大快朵颐，碎屑从我体内淅沥漏出，拌满嫣红树莓酱。我的胃从来不是精细干净的食客，它啮咬我的子宫和输卵管，留下细密齿痕。我焦躁不安地数着太阳的每一次循环转动，直至月经结束，我又重启计时器。刀把内脏搅成炖肉，叉子刺入侧腰拔出化作奶酪孔。我连每一次叉刺都能精准分辨——那痛感太尖锐、太刺骨。我的肚肠如意大利面围着叉子盘绕成团，交缠的面条饱蘸猩红的面酱。相比起甜甜的水果泥，月经更像碾碎的汁水淋漓的酸番茄。我在宛如餐巾般的白牛仔裤上面擦擦手，留下铁锈红的线痕。漂白剂和洗衣液可以洗掉污渍。每个月我死掉然后复生。除此之外我还能怎么描述这份经历？最合理的解释只有死亡。我决定，当我的尸体被推进停尸房的时候，验尸官将宣布我死于身为女人。这可比死于身为男人要好多了。

每一天我都在想，为什么人鱼不会来月经。我的人鱼书里没提过一次痛经。我好忌妒她们。我渴望能摆脱子宫的控制。

我第一次来月经的那个周末，那次比赛，我的成绩并不好。我太累了，太不适应血流从身体里涌出的感觉。吉姆后续的惩罚导致我的肌肉好几天都酸痛肿胀。但那次比赛确实带给了我一样美好的东西。

我终于有朋友了。

在凯茜用一根湿透的卫生棉条帮我“打飞机”之前，我俩只是普通熟人。我之所以会把她拖进厕所隔间，不仅因为她占尽天时地利，还因为她是我所有队友中看上去最友好的一个。尽管我们做队友的时间不长，我已经看出她不是那种敢于果断拒绝的人。

或许我是出于绝望才主动拉住她的，但那次比赛后，我们成了亲密的朋友。毕竟，你要如何做到把手伸进血淋淋的阴道，而不爱上阴道的主人呢？

第四章

人类是神话中导致衰败的原因。无论是被人类夷平了家园、伤透了心，还是信任被人类背弃，神奇生物总会在遇见人类之后变得更加糟糕。我读过无数的故事，无一不在描写人鱼被强行拖出海洋，人鱼被迫与人类男性结婚，人鱼喉咙失声。祖先的教诲告诫我，要在人类的示好面前紧锁心扉，保护自己。

但我太孤独了。

回想起来，我觉得凯茜也很孤独。在“染血棉条”事件后，她极力想要与我交朋友。我们俩都是队里的异类。作为泳者来说，她太臃肿，也太慢。尽管我一直觉得她很美，但人类青少年的审美标准是不可撼动的，尤其是对于运动员而言。凯茜没办法达到他们的期望。

凯茜是那种会让我想起我小时候梦寐以求的《游戏王》中“青眼白龙”怪兽卡牌的蓝眼白人女孩。最终我明白了，“青眼白龙”也不过是一种建构，正如蓝眼和白肤一样：一张薄薄的卡纸，其价值纯粹由某种神秘的至高力量赋予。我可以上网购买一百万张“青眼白龙”卡牌，同样我也可以沿着郊区的街道一直往前走，蓝眼白人女孩多到十美分一打。

现在十美分也买不到什么东西了。怪通货膨胀吧。

我确实欣赏凯茜的人生态度。她不被任何人的期望束缚。她每天游游泳，吃吃东西，然后回家，晚上心情好的话，就做做作业。除了唾手可得的快乐之外，她什么都不在乎。她的人生如此简单。她有正常的父母，晚上共睡一床。她有一个住在美国的祖母，会操办感恩节聚餐，给她烤热乎乎的巧克力豆饼干。她的日常生活因平淡而在我眼中显得精彩。

因为我享受观看她那“纯美式”人生的盛大表演，也因为我太孤独了，我准予她成为我的朋友。

~~~

“我该选菲·王的哪首歌？”我在 iPod 上滑上滑下。我和凯茜裹着浴巾，并排坐在泳池旁的看台上。上午的最后一场比赛正在进行。我是当天晚上 100 码蝶泳比赛的头号种子选手。我得在预赛结束之前告诉裁判该播放哪首背景音乐。头号种子负责为比赛终轮选出 30 秒的出场音乐。这是最快泳者的特权。

“谁？”

“菲·王。”

“你刚刚说的时候我就听见了。她是谁？”

我本来在看 iPod，此时震惊地抬起头：“你从来没听说过菲·王？”
~~~

凯茜摇了摇头。

“王菲？”我问道。我一边说出她的中文名字，一边在心里暗暗尴尬——如果凯茜连王菲的英文名字发音都不知道，她显然也不可能知道她的中文真名。每次我和母亲一起看《重庆森林》，她都提醒我要喊中文名字。

凯茜又摇了摇头：“她的歌好听吗？”

“好听！我和我妈都很喜欢她。我在想，出场音乐要不要播放她的《胡思乱想》。”

“你说什么？胡—塞—隆？你刚刚是打喷嚏了吗？保佑你啊。”

受伤之下，我摇了摇头，给她看我的 iPod 屏幕：“不，那是一首歌的名字。中文歌。我最喜欢的王菲歌曲之一。”

凯茜从我手中接过 iPod，狐疑地观察着专辑封面：“我觉得这里没有人听过中文歌，更别提这首歌了。”

“可我听过啊，”我恼火道，“如果我妈也来看比赛，那她也听过的。”

“那又怎样？你妈没在这里。即便你游得最快，也不代表你能选一首怪怪的歌。”她从背后的帆布包里掏出自己的 iPod，“我可以给你提供一些其他的选项。”她招手示意我过来。

我挪动屁股靠近她，裹紧身体的浴巾丝滑掠过金属的看台座椅。我们的大腿挨在一起。

“好了，给你一个选择。”她将一只荧光粉色的骷髅头牌耳机塞进我的左耳，自己戴上右耳的那只。她按下播放键的时候不禁跟着节奏摇头晃脑。

钢琴砰砰作响，高音后是低沉的和弦。

一个小镇女孩，在孤独的世界里徘徊

我扯下耳机，卡在耳道里的水随着这个动作而发出叽叽声。我问道：“这种歌词本意是要鼓舞人心吗？”

“对！这首歌是经典金曲，《一定要相信》(Don't Stop Believin')。”她说。

“一定要相信什么玩意？好吧，我觉得我也是个小镇女孩，但我不想生活在孤独的世界里，或者是别的什么地方——这些话是要怎么在比赛之前给我加油打气？”

“不是的，傻瓜，这首歌的重点在于那段钢琴逐步营造紧张感的过程，就像在增加你赛前的期望值一样。”她说。

“我觉得这没用。”

“开头，还有和弦——你不觉得兴奋吗？”

我用手指点了点下巴。这首歌比不上任何一首王菲的歌那样让我印象深刻：“还有别的推荐吗？”

凯茜滑到播放列表底部给我看：“这首。”

我又把耳机塞了回去。

诡异的合成音，低沉的电吉他，铙钹。

呜哇呜哇呜哇呜哇……

我再度拔出耳机。“这个人是在唱歌吗？”我问，“呜哇呜哇呜哇？”

凯茜停掉音乐，把 iPod 塞回帆布包里。她吸了一下鼻子。“《活在祈祷中》(Livin'on a Prayer)，邦乔维的歌？这首也很经典。”她用浴巾擦了擦鼻子，“相信我，你从这两首中选一首准没错。如果你去播放你那首怪歌，别人肯定会嘲笑你。”

她的话有道理。我把头埋在臂弯里，靠在膝盖上。

“这两首歌我都没听过，又不是我的错。”我辩解道，我的声音微弱，像个闹脾气的小孩。我的父母比起英文来更喜欢中文，我怎么可能听过这些歌？我爸爸喜欢邓丽君，电视上面的架子摆满了一张张她的淡粉色 CD。他回到中国重建他的软件生意之前，在地下室工作的时候，总爱播放她柔和轻颤的歌声。我深深铭记了她的音调，靠她的歌声来学习中文。我学会怎么说“你好”和“谢谢”之前，已经先学会了怎么说“月亮代表我的心”。

我很喜欢邓丽君的音乐，但和母亲一样，我的心始终追随王菲。母亲和我一致认为王菲是全世界最美丽的女人。把中国人和美国人都算上，我们俩谁都没见过任何其他人拥有如此空灵的容颜。王菲就是酷的典范。我才不在乎那些印了 Abercrombie 品牌标志的 T 恤、奶昔和电子宠物蛋。当我脑子里没有想着人鱼和游泳的时候，我想的就是王菲。母亲接送我去训练的时候会播放她的 CD，王菲轻柔的歌声陪伴着我们的旅程。当我回忆起训练后回家路上肌肉乳酸逐渐冷却的过程，我就会听见王菲缓慢而缠绵的怀旧之歌。

王菲同样是我们最喜欢的电影明星。每周五晚上游泳训练之后，我都会和母亲一起看《重庆森林》。母亲一边看电影，一边缝制桌布、笔袋、枕套——任何以她的缝纫技术能用布料和丝线做出来的东西——这样我们就能省点钱了。我在她身边心不在焉地做着作业，偶尔晃晃头，让风吹干头发。每当林青霞穿着性感的风衣，戴着金色假发，将一发子弹射进那个恶心的白人男性头部时（在如此绝美的亚洲电影作品里，白男怎么胆敢出镜的？），或是梁朝伟把周嘉玲压在衣柜上，用一架玩具飞机仔细勾勒她后背的曲线时，母亲都会起身遮住我的眼睛。尽管她试图保护我，我依然看懂了荧幕上的暴力与性爱，就好像小孩子能理解父母语气中细微的起伏一样。我如痴如醉地反复看这部电影，听着《梦中人》摇头晃脑。我不是为长着古典英俊面庞的梁朝伟或是性感到令人窒息的金城武而看，而是为了王菲。王菲，飒爽的男孩式短发，镜片小小圆圆的墨镜，黄色的 POLO 衫，扛着一筐胡萝卜和洋葱穿过尘土飞扬的户外市场。王菲，斜倚在外带柜台上，一手托腮，做着逃离的梦。我从《重庆森林》中感悟出人类悲哀之荒谬，又在金城武对着电话喃喃自语“爱你一万年”的语音密码只为倾听那并不存在的留言时学到，一万年是一段很漫长、很孤单的时光。

而凯茜却要我播放这种毫无意义的杂音？

“反正两个选项你都听过了。你总得有一首喜欢的吧？”凯茜推推我，“去嘛。去跟裁判说。告诉他们歌名就行了，不用说歌手的名字，他们都超有名的。”

“行吧。我选第一首。叫什么来着？《一定要相信》？”我跌跌撞撞地从看台上站起身，把浴巾裹得更紧了。我打了个寒战。

“对，没错。”凯茜说。

~~~

我是第六个在决赛中选择《一定要相信》的人。我之前的每一场比赛，以及我之后的每一场比赛，响起的前奏音乐要么是“小镇女孩”，要么是吵闹而蠢得要死的“呜哇呜哇呜哇”。

那场比赛之后，我再也没有在公开场合听过王菲的歌。我对她的爱变成了很私人的事情，只在家戴着耳机或者在车里播放 CD 的时候抒发。我明白了，所谓“合群”不是要变得出类拔萃，而是要和其他人一模一样，无论你自己真实的品位是什么样的。为了凯茜也为了我自己，我把美国体育界背景音乐中少数几首可以接受的歌曲牢记在心——全都是英文歌。旅程乐队、邦乔维、埃米纳姆。M&M——用糖果为自己命名的歌手，还能再美国一点吗？还有什么比“活在也仅仅活在祈祷中”更能代表美国吗？

最近这些天，有时候住在我隔壁珊瑚礁的海上邻居开派对的时候，也会大声播放邦乔维和旅程乐队的歌。播放人类音乐作为消遣，满足了他们掌控等级森严的动物王国的欲望。他们欢庆的时候，我就离开我的住所，因为我无法忍受他们听的音乐。我浮上水面，躺在岩石上晒太阳，尾巴一甩一甩，心里想着我现在是多么幸福。多么自由。

如今，我对生活唯一的不满，就是还没开发出可在水下观看《重庆森林》的方法。
~~~

第五章　凯茜

亲爱的壬：

你好吗？希望你一切都好。你离开的时候显得很开心。我希望你依然那么开心。选择手写这封信，是因为我觉得你应该会比较喜欢亲密的心意。我的笔迹可能会越写越乱，在这里我先向你道歉。我担心写着写着手会抽筋，因为我想尽力把字写小一点。我去了你之前总喜欢去买衣服的那个二手店，买了几个带瓶塞的旧玻璃瓶，但它们的瓶颈都很细。我不能用太多信纸，否则信太厚了，就没法塞进瓶子里了。我尽量言简意赅吧。

我发现我爱上了你的时候，你知道我是这么想的吗？我不停回想猛然觉悟的那一刻。宛如看见曙光。我试图抓住消逝的光芒，获得一些温暖，它们却从我掌心里飞走了。我不知该如何坚持，因为你已经不在我身边给我提醒。

心脏应该是滑溜溜的，因为它们沾满了血。如果我心脏的血能流干就好了。这样我就不会这么想你。

我第一次意识到我爱上你了，是九年级的时候，在那次流线型绕池踏步训练。你还记得吉姆逼着我们做的那些可怕的踏步训练吗？他坚持说我们倘若没有练上加练就学不会。我明白，流线型做得不好，就代表水会钻过我们耳朵和上臂间的缝隙，但他非要这么残忍不可吗？我们环泳池一圈圈行走，身体笔直，双臂向上，肱二头肌紧贴头部，双手叠放，常用的那根拇指绕紧另一只手掌。我们在泳池边绕圈的样子就像削尖的铅笔在盒子周围滚动。你可能会反驳说，有些运动员在奥运会输掉比赛纯属流线型做得不好，但我真的觉得吉姆没必要再反方向绕着我们转，用尺子打每个人的胳膊。直到现在，我都没法直视办公用品店里卖的尺子，一看就会听见尺子击打血肉的回声。

那时候我们对疼痛习以为常。吉姆逼着我们做过许多可怕的事情。记得靠墙深蹲吗？我们把后背贴在墙上，腿呈90度角，股四头肌的灼痛要胜过那个英语课上提到的家伙，是谁来着？但丁。《神曲》。每次说到但丁身在炼狱，你都会嘲笑，因为我们早就知道炼狱是什么模样了。除非有人实在撑不住瘫倒在地，否则吉姆才不会让我们起身。有一次卢克昏倒了，你记得吗？他尾椎骨那块可怕的瘀紫好几个星期才好。他老是爱在训练的时候把紧身泳裤拉下来给我们看。他的屁股长得苍白苍白的。

记得楼梯跑吗？我们像蚁群一样在楼梯间跑上跑下，吉姆则如蚁后般站在楼梯顶，只要有人伸手去扶栏杆支撑身体，他就吹哨示警。

记得水下海豚式打腿吗？在水下一次次起伏踢腿，直到有人因为缺氧而昏厥。布拉德总是昏过去的那个，连嘴唇都发青。吉姆说因为他是个肺长得太小的弱鸡。

记得吗？记得吗？记得吗？好像我除了回忆和你在一起的时光之外什么都不做。

我还是觉得，流线型绕池踏步是吉姆那些别出心裁的折磨手段里最痛苦的一种。靠墙深蹲、楼梯跑、水下海豚式打腿——那些都还算正常，因为人体自然而然就可以摆出那种姿势。从童年起我们就知道怎么下蹲、奔跑、踢腿。但流线型姿势一点都不自然。人在与重力的战争中必输无疑。

总之，说回我的欲望。

我们正走到流线型绕池踏步的第二圈。我的身体早就觉得灼烫而麻木，感官麻痹。为了活下来，我只能紧紧盯着前方。

你在我前面。我们是最好的朋友。我们已经读九年级了。那时候，你已经可以背出埃米纳姆《迷失自我》（Lose Yourself）的每句rap歌词，虽然我俩都一致同意你的发音很糟糕。

你头上戴着平时的泳帽和泳镜：紫色的松紧带，光滑的乳胶。你穿着新泳衣。还记得我说的是哪件吗？训练前，你在更衣室里跟我说，如果你能满分做完五套SAT模考题，你妈妈就给你买新泳衣。你当然成功了，部分原因是你聪明优秀，主要原因还是网上搜得到标准答案。你的新泳衣是当年耐克的最新款，颇受争议，因为泳衣露背、大腿开衩，还有一块布料低垂在股沟正上方。那套泳衣比我们习惯的款式暴露得多。自然，露背和开衩代表任何翻转动作都会让水灌进衣服里，很明显的竞技缺陷，可是露得越多越性感啊。我们队里，目前只有你和艾丽穿了那种泳衣，尽管我们大家都想穿。

你的泳衣是深红色的，正好搭配泳帽，臀部点缀白色和橙色的波点。随着我们行进的节奏，波点也在摆动，宛如摇曳的催眠吊坠一样，令人入迷。我目不转睛地盯着你的泳衣，跟在波点后面，努力让自己进入空茫的、无梦的睡眠状态。我的视线上移，越过你光滑的后背。线条流畅。你挺直手臂调整流线型动作的时候，肌肉如水波般漾开。

砰！

我听到跺脚声的时候已经太晚了。吉姆的尺子击中了我的左臂。疼痛从手臂一直蔓延到左臀。灼痛的火焰蹿得更高了。我咬紧牙关，收紧手臂肌肉。

吉姆严厉地提醒我该集中注意力。他顺着我们的反方向继续走。我抬眼偷看自己的手臂。尺子碰过的皮肤变成了鲜红色，小臂上浮凸出樱桃色的长方形。睡前，我躺在床上按压挨打的地方，看着血流涌进涌出。

我绷紧手臂。我的拇指用力压住另一边的手掌。我挺直脊背。

我们继续走着。我的皮肤犹如针扎，体温高得像在发烧。我不再凝视你的身体，而是径直盯着前方看，目光定住，锁在你的头部。我不能再分心瞥向更往下的地方了。在流线型绕池踏步训练途中，如梦般沉浸在你光裸的后背、臀部和紧身耐克泳装上的波点中，风险实在是太大了。你的头部和身体一样吸引人，它被包裹在红色泳帽里，像我们每年第一个秋日丢进游泳池里的红苹果一样。那团红色夹在你的双臂间，一点缝隙都没有，这是自然，因为你可是吉姆心中的明星泳者啊，你永远完美。完美的流线型，完美的属于游泳运动员的身体，完美的竞技者。我继续前行。红色圆形被紫色线条切割，那是你的泳镜带子。我用目光描摹带子，想着我要是能用牙把它咬断就好了；咬住、提起，猛地松开。我的眼睛在灼烧。我的肩膀在灼烧。我的后背在灼烧。我的皮肤，被氯水泡得坼裂的皮肤，也在灼烧。一切都在灼烧。我已经不知道自己的流线型动作从哪里开始，泳池地面又在哪里结束。或许我的身体受到了诅咒。或许母亲每次发现我吐舌头都对我说一遍的怪谈成真了：如果我保持某个表情太久，那个表情就会永远定格在我脸上。或许我永远都会被困在这个流线型动作里。当然还有更惨的呢——

我晕头转向，撞上了你。鼻尖贴上你头上那团红色硅胶，弹开了。注意力涣散了。流线型动作中断了，脚滑了，我扑腾着想恢复平衡。你转过身，双臂垂在身侧，对我大喊，问我怎么不看着路。你骂了我一句脏话——我清晰地记得你说了什么，你说“你他妈在干吗”——我能在脑海里以你的声音循环播放那六个字，因为你虽然常常讲脏话，但那是你第一次带着怨毒用脏话骂我。

我失去平衡，面朝下摔倒，肚皮拍在水面上，笨拙得不像个泳者，而是像个第一次参加泳池派对的孩子。我大口喘气，浮出水面，双臂终于放松了，身上的火焰也被浇灭了。

我对上了你的目光。我吐出一口水。我说了抱歉。

我踩着水，犹豫着是当场把自己淹死还是面对吉姆那逃不过的惩罚。淹死应该会更轻松一些。

太晚了。吉姆尖锐的哨声响起了。我在能看见吉姆的肚腩之前已经听见了他重重的脚步声。我看见他的大手把罗布和米娅扫到一边。吉姆蹲下身示意我过来的时候，他的膝盖发出一声脆响。

我心中燃起一丝希望。他没有对我扔椅子，也没有高声喊叫。吉姆愿意赐予我同情。来自一尊凶神的善良之举，岂不是更有意义吗？我狗刨着向排水沟游去。

我游近时，他掏出藏在背后的踢水板，当头打了我一下。那时我已经放松了警惕，根本来不及闪躲。踢水板的海绵很软，他站在泳池边摇摇欲坠，意味着这不过是象征性的羞辱，而非真正的体罚，但我已经因为羞窘而五内俱焚。我一眼都不敢看向你。我不想看到你脸上流露出怜悯的表情。

打了七下之后，吉姆停止了动作，他气喘吁吁。我低垂着头，仿佛他的责打把我的脖子折成了一个无法恢复的角度。还是让他自以为伤到了我比较好。

吉姆站直了身体。他解散了全队——包括你在内——然后宣布了我的惩罚：8×100码蛙泳，其中四轮都要在我最好成绩加五秒以内。他说到蛙泳（breaststroke）的时候，我想到你的胸部（breast），妥帖地包裹在耐克泳衣里的胸部。

我戴上泳镜，自由泳游到远处池壁旁。我侧头向左呼吸时，看到女孩们成群结队走向更衣室。只有你，戴着醒目的红色泳帽，穿着崭新的红泳衣，独自一人。哪怕我的视线被水模糊我也看得出来，我游泳的时候，你一直看着我，你的头跟随着我的每一分动作而动。

你在想什么？你为我难过吗？你心里是否有如我一样的灼热念头？

哨子又吹响了。我真他妈受够吉姆的哨声了。

吉姆高高在上地站在我头顶，挑起眉毛。

我把手搭在排水沟上，脚抵在墙上。

哨响。

我蹬墙，在水下出发，再次摆出流线型。

破水前行的时候，我的思绪再度漫游起来——灵肉分离是我熬过吉姆的惩罚的唯一手段。经过多年磨炼，我的身体已经可以自动运转，像个水下作业的机器人一样。我一边游一边想，假如我能赞美你裹着红衣的身体就好了。我真想和佩袅洛普也打个招呼。我渴望离开泳池，去到更衣室，和你一起脱得赤条条的。

总之，我现在要写下这些念头，因为当时的我说不出口。吉姆和我自己的恐惧一样，都拦在我前头。

在写下这封信的时候，我感受到了和那天流线型绕池踏步一样的火焰，在我体内点燃，舔舐着心脏，慢慢地阴燃着，和流线型训练、氯水浸泡皮肤的痛觉截然不同的灼烧感。你带给我的感受更像余烬，发着光。

好啦，我说得够多了。墨迹干涸后，我就把这封信塞进瓶子里，然后去小河那边。我经常自己一个人去那儿。有时候我会打包炸春卷和饺子留在岸边。给你吃也好，给鱼吃也好，什么东西想吃掉这些微不足道的供奉都好。我会抚摸我俩并肩坐过的那片沙地。

我去那儿的时候会流泪。

哦，更像是号啕大哭。

我会在小河里寻找你的影子。有些时候，阳光照射河面，水波会像钻石般熠熠闪烁，我便会在粼粼波光里瞥见你的脸——但我只要眨眨眼，你就消失了。

上帝啊，我好想你。你想我吗？

就这样吧，我准备把漂流瓶丢进河里了，顺便再帮你挤一挤“别碰我”花。希望我的信能送到你那里，不管你现在在哪里。也希望你能像我想你一样想我。

爱你的

凯茜

第 六 章

人类真是容易坏掉。他们会弄碎骨头、身体，还有心。我也是。作为女孩的时候，也曾坏掉过一次。是我的头。那次意外发生的时候，正如许多其他人类一样，我没有让自己得到足够的休息，也没有痊愈。当然，人类总有借口：没有医保；老板叫我明天就回去上班；救护车自费；病假请完了；公司不给休带薪产假；需要马上归队参加游泳训练。

本质上来说，这些都是人类的借口，但硬要分得更具体一点的话，这些是美国人的借口。我在试图理解人类的苦难时只能被禁锢在美国式的视角里，无论我怎样努力想要挣脱从少女时代伊始的、被星条旗之荣光镀金的洗脑，都无济于事。某种程度上，认识到这些问题仅仅是美国特有的，反而让情况变得更糟糕了，因为这就代表这些问题其实都是可以避免的。

幸运的是，我再也不用为美国人类的问题烦心了。在我如今的海中居所，所有生物都排斥人类对于员工医保、带薪休假这种荒谬之事的依赖。人鱼不会受制于人类的经济结构。

在水下，我们互助、相爱、付出、治愈。自由自在，完全免费。

撞到头之后，我进入了苟延残喘的状态。除了我自己之外，我很少考虑其他任何人和事。多么自我愚顽。但我本来就该如此，不是吗？“自我”“鱼”“玩”。某种意义上，我坏掉这件事加速了我的飞升，虽然严格意义上说，坏掉的才不是我，坏掉的是我的头，是身边的人，以及我身处的这一套社会体系。

作为人类，我太脆弱。我纵容自己损坏。

如今作为人鱼，我强壮无比。坚不可摧。

谁都无法对我染指。

~~~

十年级的冬天，我的头坏掉了。匹兹堡是一座沉闷、灰暗的人类城市，到处都是桥梁，阳光躲在风雨欲来的乌云背后，四车道的公路把居民街区一分为二。身为人类女孩，我对这座城市既讨厌又迷恋。想爱自己的家总是很难的，或许因为人总会对被称为家的地方有更高期望，也更容易鲜明地感受到它的缺点。连最软弱的匹兹堡居民都不会因区区 12 英寸*厚的积雪而退缩，因此到了冬天，日子也是照常过，不存在活动取消或者雪天封路这样的问题。城市的撒盐车配备了最坚固的设备，从 11 月开始，只要有一点点落雪，它们就整

---

* 1 英寸约合 2.54 厘米。
~~~

装待发，一直待命到5月。吉姆完全不在乎冬日驾驶的危险。有一次，布拉德沿着艾希纳路开车来晨练，时候太早了，太阳都还没出来，更别提撒盐除冰的卡车了。他的SUV失控冲出马路，撞上了护栏。他缺席了早上的训练。当他下午抵达泳池的时候，吉姆朝他丢了一把椅子。车祸可不是缺席训练的理由。用吉姆的话说，为什么布拉德不能丢下他那辆撞坏的SUV，步行来训练？

凯茜和我正从米娅家走出来。她家在学区对面一个比较高档的社区里，是一栋木瓦风格的房子。我们管她家那一片叫“富豪区”。艾丽和卢克也住在附近。米娅家负责招待我们，因为她妈妈在家闲得慌——她靠制作浓稠的酱汁、放满料的蘸酱和黏糊糊的沙拉酱打发时间。我和凯茜都吃撑了。

下午训练结束后，我们就来到米娅家参加泳队家长协会的年度赛前会议。吉姆在会上宣扬了他对这个赛季的期望与梦想。我妈妈是唯一没有出席的母亲。她在上班。我也不在乎她来不来。她何必要在这种鸡毛蒜皮的事情上浪费时间呢？我的成绩一直很好，她完全没有必要喋喋不休地缠着吉姆咨询我有什么问题。

两个小时后，所有的孩子都被要求离开会议，因为家长们有更重要的事情要和吉姆讨论：泳队的预算、会费、哪些大学招生官联系过他，以及赛事陪同人员日程表。但只有我和凯茜离开了米娅家——别的队友都去了米娅的卧室里，挤作一团、讨论八卦、嬉笑打闹——我和凯茜以做作业为由先行离开了，尽管我们的队友从一开始起就没有邀请过我俩加入。

我们穿过车道，走向自己的车。我俩都满十六岁了，终于实现了在郊区开车的自由。只要训练后需要一起去某个地方——泳队聚餐或者开会——凯茜和我都会开车同行：我先走，开着我那辆破旧的、累计行驶有几千英里的二手车带路。车是母亲给我的，她经过精打细算得出结论，让我开家里的车、她自己再买一辆二手车是最省钱也最不耽误工作的方案，这样她就可以在办公室多留一会儿，而不是早早就下班来接我。凯茜开着她那辆闪闪发光的新车跟在我后面，那是她的十六岁生日礼物，因为她妈妈用不着为一辆车精打细算。

我们离开米娅家的时候已经是晚上了。匹兹堡的冬天，天黑得很早。星星在夜空中隐约闪烁着。即便是在光污染相对轻微的郊区，外太空也只会为我们漏下几缕微弱的亮光。太冷了。我打了个寒战。凯茜又在讲她妈妈了，她说在她的家庭环境里，母爱的表现形式就是对身体的批判与训诫。我听得心不在焉，因为我已经听烦了她一次次倾诉对于自己体重的痛恨——我爱她的身体，爱它那么壮美丰盈，爱它以坚实的厚重感如此旗帜鲜明地对抗着虚无。听到她如此憎恨自己，我觉得很伤心。于是我屏蔽了她的声音，只是偶尔发出一两个单音节词表示我在听，以及我同意她说的话。我们逐渐走近车子。当大地在我脚下陡然抽离、星星随之消失时，我正专心致志地在脑子里复习刚学的化学方程式。

寂静。

无边无际的黑暗。

我死了吗？

我眨了眨眼，视觉又恢复了。我又眨了眨眼，看到一簇簇挣扎着迸射而出的细小星光，是街区路灯与高速公路的车前灯——眨眼——星星幻化作数字，我立时认出了那些数字的意义。那是我的游泳比赛成绩，精确到毫秒：1：02.09，4：59.08，1：12.47，1：58.36。是上天在对我传达这些数字背后的意义吗？眨眼。星星再次排列组合——一条鱼尾。那是尾鳍，两端分叉，连接着两条更长的曲线。星星在对我传递信息。鱼。人鱼的尾巴？

眨眼。

聚焦。

重锤敲打着我的头骨。我的双眼就是钉子的头部。我躺在地上，望着夜空。星星有规律地跳动着。屁股冻得生疼。车道的坚硬冰冷直接渗透了牛仔裤。尾椎骨一抽一抽。

“壬！”凯茜焦急而绝望的声音突然飞入我的意识。我的名字相比起一个字来说更像一声喘息。发生什么事了？她为什么听上去如此凄厉？

一阵急促的脚步声。耳边，是膝盖落地的闷响。星星不见了。取而代之的是雀斑，围绕着一只鼻子，红色卷发，两只圆睁的蓝眼睛，比我们在米娅家吃晚饭时用的餐盘还要圆。凯茜俯身看着我。

“你还好吗？你在冰上滑了一跤，摔到了头。你刚刚都不动了。我不知道要不要跑回屋里去把大人都喊出来。我能找你妈过来吗？”

“哦。”我皱了皱鼻子，然后动了动手指。我是能动的。

我熟练精巧地控制着自己的每一块肌肉。我感觉很好，只不过头部还在抽痛。我抬头对凯茜笑笑。或许我梦见了她。她是拯救了我吗？她的卷发像火苗一样，双眸如同深潭。她俯身望着我，被严冬夜幕所簇拥。她担心我的样子真好看。

“没事，我还好。”我梦呓般说道。

“你确定吗？”凯茜问。她的额头蹙得更紧了，写满了担忧。

“嗯。别麻烦大人了。我妈反正也不在这儿。你把我扶起来行吗？”我问。我平伸双臂，就像死而复生的僵尸一样。凯茜双手握住我的小臂，轻手轻脚地把我拉起来，让我坐在地上。姿势变化令我双眼一阵模糊。我的屁股已经坐麻了，被冰水沁得透湿，而且每分每秒头痛都在加剧。我抓住凯茜的肩膀，重心压在她身上，然后一起站起来。

“你这个样子别开车了。”凯茜焦虑地说，“我送你吧。你把车留下吧，这儿很安全。咱们回头再来取车。”

我哼了一声，实在是太痛了，没法开口反驳她。

她把我牵到她的车旁边。笨拙挪动的一对人，毫不般配的二人组。

我们抵达车旁的时候，我推开凯茜，自己爬进车里，每动弹一下都疼得皱眉。凯茜急忙跑到另一侧，一边发动车子一边回头看我。车里太冷了，我们俩的气息都化为灰色的雾气。我笑了起来，因为这让我想起了匹兹堡的天空。真可笑啊，我想，我们生活在这里，吞吐着上天的云雾。然后我再次看到一片漆黑，额头滑向旁边，砰地撞上结霜的车窗。

~~~

我坐在医院里，身体歪靠在单薄的软垫上。凯茜坐在我身边，一只手揉着我的上臂，另一只手握笔在医院表格上迅速划动。她背下了我的生日、过敏原、名与姓，但还有些她没法回答的问题：社会保险号码、家庭病史、医保卡号。我示意她取出我屁股兜里的手机，给我母亲打个电话，毕竟母亲是最了解我个人信息的人。但她摇了摇头，从背包掏出我的手机——我倒下的时候把手机屏幕一并摔碎了，完全没法开机。我们不是不能用她的手机，但她没存我妈的电话号，而且我头太痛，也背不出正确的手机号。我们俩谁都不想联系吉姆。

凯茜帮我填表的时候，我的视线四处游荡。这是一间十分典型的候诊室，炽白色的灯光，轻柔的古典音乐。灯光和音乐都令我十分不安——灯光的波长引起一阵锐利又刺耳的嗡鸣，在我的鼻梁附近、双眼之间扩散。弦乐器的撞击声比起重金属音乐来有过之而无不及，每波动一下，我的头就像被猛击一次。我的四肢感觉又是失重，又是沉重不堪，仿佛我漂浮在水中，却穿着松松垮垮的、沉甸甸的衣服。我低头看着自己发抖的双手，数出三根手指、两片指甲。

许多生物体在屋内来来去去，等待医生召唤。他们缩在椅子里，身体像揉皱的纸张。荧粉色皮肤的人类不耐烦地跺脚，三眼男孩想买自动售货机里的零食，女孩四肢缠绕着金色的蛇。留着多刺海胆般尖而漆黑的头发的母亲，鱼鳍代替
~~~

双手的父亲。有个坐在椅子上的女人小臂末端是蟹钳，一个女孩盘腿坐在她双腿间的地上，女人正用钳子给女孩剪头发。丝丝缕缕的头发在她们周围宛如气泡般曼妙地浮动。还有一只章鱼，八只黏糊糊的腕足在油毡地砖上蜿蜒，松弛垂软的脸上戴着面具。旁边，有个年轻女孩像舔冰棒一样舔着章鱼的一只腕足，她穿着牛仔衬衫和长裙。裙摆下闪现虹彩，她肿胀的脚上遍覆鳞片。

人鱼？

我揉了揉眼睛。

鱼鳞并未消失。

凯茜用手肘轻轻捅了我一下。

“壬，你还好吗？”她问道。

“没事。”我说。我眯着眼睛，想看清那些人鱼鳞片的样子。我随手抄起了桌边的一本童书，也丝毫没在意那本书是讲什么的。什么都行，只要能转移我的注意力，让我别再死死盯着眼前来去的水族就行。我望向书页，发现自己手中的书叫作《彩虹鱼》，插画中闪闪发光的鳞片就像我刚刚窥见的人鱼尾巴。彩虹鱼的尾巴从书页中的水面里跃出，狠狠拍在我脸上。我仓皇把书丢回桌上，目光继续在房间里逡巡。我迷惑、惊恐，完全沉浸在眼前所见的现实中。有个男人脸上遍布橙色与白色的条纹，像小丑鱼一样，他牵着一个小男孩，那是他的儿子。男孩没有右臂，却长着一个萎缩的鱼鳍。留着一脸络腮胡子的男人胸口左侧心脏的位置插着一根金色的三叉戟，旁边的女人头顶冒出一个碧绿的鱼鳍，她惊恐地挥舞着手臂，看着鲜血从伤口涌出。满地都是红宝石般的血珠，而护士们看上去无动于衷，她们要么是没看到，要么就是这血根本不存在。我也学着她们的模样，不去理会那摊逐渐扩大的血泊。

我闭上眼睛，蜷缩在椅子里。我的体重把软垫压得更瘪了。我任由凯茜继续替我周旋。

~~~

脑震荡，大概是重度。当我们终于被请进诊室时，医生是这么说的。医生为自己的犹豫不定找了借口，说是脑科学如今的发展程度还无法为我们提供准确的诊断结果，但他确信，撞击、昏厥，紧随其后的失忆与头痛，再加上对候诊室内明亮光线与音乐的抵触，都表明吉姆最担心的事情要发生了：伤病休训。

医生解释说诊断结果还不确定，虽然诊断测试具有参考价值，但它终究无法一锤定音。脑震荡是医学未知的领域，医生则是在剧毒森林中砥砺前行的冒险家。他说我的感受才是最重要的：如果晃头或是灯光闪烁的时候我感觉头疼，那就代表我是个罹患脑震荡的废人。

“所以决定权在我手里咯？”我问。

“对，”他说，“你要忠于自己的感受。脑震荡是需要严肃对待的病。受伤的是你的头，你的脑子。你身体里最重要的器官。如果你有任何头痛的感觉，尤其是在强光下的时候，你就
~~~

还没有痊愈。你完全康复之前不能再下水游泳。”

“如果我的头总是在痛怎么办？”我问。

“你什么意思？”

“就是说，一切都在痛，无时无刻不在痛，哪里都痛。”我不管怎么努力都只能解释成这样了。

医生抿了抿嘴：“你觉得痛是因为你摔倒了，头部受了伤。只要你好好照顾自己就不会有问题了。”

他误会了我的话。

我要怎么才能区分脑震荡引起的疼痛与日常生活带来的痛苦呢？

~~~

我不再每天去游泳训练，而是改而去医生的会诊室。每次我问母亲我们该如何负担医药费，她都一笑置之。隔着时有时无的无线网信号，在母亲打微信视频电话的时候，父亲也提醒我要听医生的话。

医生强迫我在电脑上无休无止地做各种测试。每次都是一样的问题和活动，但我的头太痛了，记不住答案究竟该是什么。我需要交替按下键盘上的两个键，如果右边的图片闪烁就按 K，左边的图片闪烁就按 S。管它脑震荡不脑震荡的，这么白痴的测试，任谁都会头痛。

虽然医生嘱咐我在测试后就好好休息，我还是得做作业，学业不能落下。自然，我的头一直在痛——倘若你不得不栖
~~~

居于一具不属于你的身体里，倘若你不得不通读化学教科书里讲热力学的那一章、《哈姆雷特》的某一幕，或是哈布斯堡家族又臭又长的历史并了解到他们家族成员都有畸形的下巴，那你的头也会痛的。

不游泳的时候，我宛如失去了四肢。氧气不比氯水，无法提供给我足够的滋养，我饿得发疯。我每天早上起床和晚上睡觉的时候，吉姆都会给我发短信，内容只有笑脸与问号，仿佛在怂恿我跳过康复期，又不必自己真的开口。戒氯三天后，我给他打电话，哀求他让我重归泳池，一起向着完美的巅峰再度进发。他说我想回归训练就必须出示医生的批准证明，否则泳队家长协会会找他麻烦的。然而，他像寻找共犯般对我低语：如果你真的想回来，我可以睁一只眼闭一只眼。

我还会去上学。母亲不让我请假。虽然我在学校还是会见到凯茜，我们友情的性质却改变了。原本我们聊天的内容主要是游泳和运动员八卦，如今我不在队里了，我们只能浅浅打个招呼，就无话可说。

她已经尽力了。她会关心我过得怎么样、感觉如何。她在乎我。

面对她的慰问，我会叫她闭嘴，让我一个人待着。

放学后，我不再和凯茜一起走去泳池，而是自己去停车场——医生建议我不要开车，但凯茜在训练，母亲在工作，我还能怎么办呢？我会径直开回家，路上尽力不要东摇西晃，从厨房柜子里拿一根巧克力棒，然后上楼去卧室里。我脱得一丝不挂，钻进被窝里，关掉所有的灯。我躺在那里，盖着被子，一动不动。我假装我是一块珊瑚，卡在沙地里，一吐一吸，鱼群在身边游来游去。偶尔我的头会突突乱跳，仿佛脑壳里有个人在用力捶打头骨。我紧紧闭上眼睛，星光织成的人鱼尾拍溅着水花，在眼睑的施压下浮现。

我把自己关在房间里的时候，母亲以为我是在学习。她很欣慰我得以离开泳池一段时间。她希望我能意识到，即使不游泳，人生也还是有意义的。虽然我游泳的速度令她满意，但她不喜欢我一头热地扑在这一件事上。她担忧我遍布粗壮肌肉的身体，觉得我缺乏女性特征。她担忧我的学习成绩，也担忧我的精神状态。

她的担忧是对的。我上瘾了。

流淌在血管里的乳酸让我上瘾，干枯毛糙的头发让我上瘾，书包底压着的潮湿浴巾让我上瘾，身上永恒萦绕的氯水味让我上瘾。有一阵子，就在父亲离开后的前几周里，我养成了舔舐皮肤和嚼头发的习惯——我的毛孔和毛囊吸收了那么多的氯水，咬一口或舔一下就能让化学物强烈的味道在口腔中复现。每夜我哽噎着醒来，喉咙里都是卷积的头发，我像猫一样把毛球吐在被子上。堵塞的淋浴下水道让母亲忍无可忍，她找我郑重谈话，给我下了最后通牒：如果我继续嚼头发、舔皮肤、长肌肉、成绩下滑，我就必须放弃游泳。

我没法改变我那不够女性化的身体。是谁来规定什么是女性化的，什么不是？力量不是女性化的一部分吗？我爱我的肌肉。如果真的能改变什么，我希望四肢能继续增肌。但我已经答应母亲，我不会再啃食自己了。我也答应了，只要她陪我继续出演这场由氯水加持的盛大幻梦，我就保证拿出优越的学习成绩。

她默许了。于是我不再嚼头发，改而吃东西。我努力学习，虽然我压根儿不在乎成绩这回事。成绩只是工具，带我去往我真正想去的地方——泳池。

现在，我那平时还算可靠的头部彻底反水，害得我不能再游泳。

氯水，我是多么爱你啊！化学课上，我观察元素周期表，注意力全都集中在写着 Cl 的方块上。相比起代表金的 Au 或是代表铁的 Fe，我更了解 Cl。相比起新鲜的水（H_2O），我还是更喜欢氯（chlorine）——比起游泳，喝水与洗澡只能排第二和第三。

“冷火鸡”戒断法*带来的后果让我的身体颤抖。戒氯的过程痛苦刻骨。我在健康课的预防烟瘾单元学到，专家往往会推荐“冷火鸡”这种突然戒断法，帮助成瘾者戒瘾。尽管我只是一名普通的高中生，我和氯水的关系亦是从未被发现与研究的成瘾现象，我已然对这种说法嗤之以鼻。说得就好像人能选择自己戒断的方法似的，而不是被逼着非戒不可。

脑震荡之后，我距离人类愈加遥远了，与我的锚点之间的引线也断了。我是谁？我是什么？如果我不能再待在泳池里，我人生的意义又是什么？

---

* “冷火鸡”戒断法不用任何药物和其他治疗方式，旨在让戒断症状自行消除。由于这种戒断方法不用任何药物，病人会出现戒断症状，甚至于全身起鸡皮疙瘩、寒战，故名“冷火鸡”戒断法。

~~~

隐士的生活实在太无聊了。一个星期之后，我对于虚弱避世的自己实在感到厌恶，就告诉医生我的头已经不痛了。我没必要继续缩在黑暗的房间里，躺在床上，隔绝一切刺激源。我每说一句假话，脑子就在头骨里猛撞一下。医生提醒我，如果我没让头部痊愈的话，我将来定会后悔，我终生都将承担后果。

随便吧。就算他持有光鲜的医学学位，他也绝不会明白，终生头痛和终生不能下水的痛苦比起来简直微不足道。

“欢迎回来。我们都很想你。”吉姆把医生的证明揉成一团废纸，跳投进了垃圾桶。他弯下腰，双臂环住我，紧紧拥抱了我。我的泳衣带子摩擦着皮肤。烟味笼罩着他，正如氯水味笼罩着我。我屏住呼吸。

“我也想你。”

吉姆揉了揉我的头发。他摸我头顶的时候，我强迫自己不要瑟缩。

“你现在完全好了，是吧？”他贴着我的耳根说，下巴上的胡须刮挠着我的耳垂。

我不禁发抖。我想象他的舌头在舔我的耳朵，从耳垂舔到耳廓。

“对。百分之百痊愈了。”我说。我没有告诉他的是，训练之前，我在更衣室里吞了三片布洛芬止痛药。我也没有告诉他，我考虑过要在更衣室长椅上把止痛药片全都碾成粉末，
~~~

像嗑药那样吸进去，这样见效更快。

吉姆笑了。他摸了摸我的侧颈，又把手伸进上衣下摆挠了挠肚腩。他向办公室的玻璃窗比了个手势，窗外队友都坐在泳池边上，正在做训练前的拉伸。

我离开办公室，走向凯茜。她看到我走过来了。

我用手拂过她的头，以示友好。我碰到她的时候，她脸红了，一抹红色从她脸颊扩散，直至后颈和头皮，隔着颜色更红的头发都看得出来。她的注意力都集中在自己的脚趾上，好像她根本无法承受我的触碰或目光带来的灼热感。她伸手抓住脚，开始拉伸小腿。

我坐在她旁边。屁股上在冰上摔出的瘀血已经消去。坐在铺着硬瓷砖的泳池边上一点都不痛。我让双腿摆出相扑深蹲的姿势。大腿内侧和胯部都在抗议。我闭上眼睛。我深深吸气，鼻腔里满是泳池上空刺鼻的氯水味，头部的疼痛顿时消弭无踪。

第七章

或许是脑震荡撬开了饥饿感的闸门，头部与混凝土的剧烈撞击使我摆脱了之前那些随便什么束缚。或许我其实一直都在挨饿，只是学业和游泳训练让我无暇顾及身体的需求，直到我被迫停下来休息一阵的时候，才猛然了悟。

我卡在女孩和人鱼之间的那段时期，最鲜明且漫长的感受就是饥饿。我仍然遵循着人类世界的规则，被困住我的人类身体支配，但我学会了通过寻欢作乐来缓解。我依然为头痛所困，但新近找到的快感源泉得以成功平息痛感——靠自己的手或是别人的手都可以。

我还是女孩的时候，我学会了很多种取悦自己的方法。我最喜欢的一种很简单。我会仰卧在床上，全靠自己的手指，幻想出来的不是男人，而是人鱼。人鱼在海岸线凸出的岩石上尾巴交缠，阳光把她们起伏的肌肤晒得沸烫。或者我会幻想凯茜，她的红头发沿着我的小腹一路垂下，手在我腿间游走，另一只手在我颈后仿佛要拥抱我一般收紧。我脑海里尽是炽热的梦，凯茜和人鱼，只有快感，没有痛苦。还有什么更好的办法能让我放松因过度疲劳而紧绷的肌肉呢？我会看见成簇成团的光，温柔的、明亮的，还有深蓝色，像游泳池的深水区一样。我会看见凯茜在我锁骨上印下轻柔的吻。凯茜的手指在我胯上打着旋，圆润的逗号代表句子可以继续写下去。凯茜的呼吸短促，像长号在吐息，像情节剧的背景音乐。我的手指在摩擦，凯茜，我快了。凯茜，我就快要——

现实生活中，我和凯茜从未有过这种美妙的互动。我们共享的快乐只存在于我的想象中。我相信，如果我要试试，她也会让我做的。但我承认我还是太害怕了。如今回想起我那属于人类女孩的愚蠢恐惧，我只觉羞愧，因为我白白浪费了许多机会。不止我一个会思考身为人类时犯下的种种蒙昧的错误，但很可惜，只有时间与距离能带来如今的清醒。

终于，连我自己的手指也无法抚平那份激烈的饥饿。我越来越贪婪了。我对快感已经有了耐受度，只有更刺激的才行。我开始寻找容易得手的猎物。

那些男孩。当然了。

当我回想过去征服男性的经历时，我意识到有关男性的一切都来得那么轻易，引诱他们的步骤清晰且简明：他们讲笑话的时候要笑，扭屁股，询问他们父母的情况，让他们多谈自己的情绪。最后的结果与其说是战胜，不如说是让步。

难搞的是女人、酷儿和人鱼。

值得一战。在长时间的嬉戏、交谈和漫长的夜晚之后，我大汗淋漓，胜利在握，在精神与肉体的交锋、坚韧身体与回忆的缠斗之后精疲力竭。

有些时候，我被赤裸扭动的人鱼簇拥时，也会想起凯茜。有人试着取悦你的时候，你心里还想着别人，好像很没礼貌。但人鱼才不会介意四处飘荡的心。大海被自由的爱所统治，没有任何规矩或是人类的情感能破坏这种体验。我们遵从需求，遵从身体。我们尊重彼此的选择与个人空间。

成为人鱼也没能填补我的饥饿。幸好，在水底有许多可爱的生物和我们一起分享食物。如果需要的话，我们还可以去诱骗人类为我们提供养分。

~~~

归队的时候，我极力掩盖了脑震荡的症状。头还是经常疼，但我说服自己，那不是因为受伤，而是因为作业太多、泳镜太紧。吉姆从没问过我头部感觉如何，我也没有告诉过他，只是选择自己去吃布洛芬。我们俩谁都不想承认，我回到泳池的时间太早了。

我开始狩猎的那一天，吉姆有点犯懒。我们从他选择一屁股坐在椅子上而不是在泳池边上跟着我们踱步就看得出来。吉姆犯懒的时候——如果我们在上周末的比赛中表现也出色——他就会允许我们在训练的最后一个小时玩“鲨鱼和小鱼”的游戏。

这个游戏不是放松消遣，而是被教练批准的暴力行为。我们激进、凶狠、好斗，你想象中一群荷尔蒙分泌旺盛、身材健美的青少年追抓着彼此裹在紧身泳衣里的半裸身体会是
~~~

什么样，我们就是什么样。小鱼小鱼，出来吧，鲨鱼发动攻击前这么说。每场游戏结束后，都起码会有三只流血的鼻子，四块小腿和肩膀上脚底板形状的瘀伤。我在抢苹果的时候到处乱游，避开别人的牙齿，但我衷心喜爱玩“鲨鱼和小鱼”，尤其当我扮演鲨鱼的时候——我游得那么快，只用几分钟猎物就堆积如山。

在这场决定命运的游戏中，我一如既往扮演鲨鱼，因为我想要什么吉姆都会满足我。我咽下可能会被踢到头部的恐惧，龇牙咧嘴，准备战斗。凯茜是我的鲨鱼搭档。她的游戏玩得太差了，只能靠我来捉小鱼。

我抓住了米娅，然后是罗布和艾丽。我深吸一口气，又俯冲下去，瞥见一只脚。我向前一扑，想抓住它，但是太晚了。我毫不受限，追着那只脚的主人一直游到泳池另一边，把那人逼到深水区的角落里。我浮上水面，想看看我追踪的究竟是谁。

布拉德。

布拉德是个不错的泳者，只是不错而已。他的水平足以赢得卢克和罗布那来之不易的友谊，但又没有厉害到会让我在训练的时候多看他几眼。他的眉毛又粗又密——队友们给他起外号叫格劳乔·马克斯，某次意面派对时他们的调侃愈演愈烈，我不得不在网上搜了一下这是谁。凯茜觉得我很奇怪，居然不知道格劳乔·马克斯这个经典人物是谁，我却觉得她的反应才令我惊讶，因为她已经为我填补了许多我在美国流行文化方面的知识空白。不过布拉德比格劳乔长得好看，他有厚实的身体和年轻光滑的脸庞。

布拉德挤眉弄眼，两道眉毛在护目镜上方扭动，就像两条毛毛虫试图蠕动着爬过一根乳胶树枝。他举手投降："好啦，好啦，你抓到我了。快点碰我一下。"

"这么容易就抓住你，有什么意思？"我喜欢用缓慢的死亡来折磨小鱼们。

"来吧，快点搞定。"他把胳膊向前一伸，我扭身避开，不想碰到他。

"别闹了！布拉德，我是在捕猎你。别犯傻了。"

"我讨厌这个游戏。快抓我吧！"

"你不要反抗吗？"

他张开嘴，让水一直灌到上排牙齿，然后像海豚喷水一样吐了出来，命中我的脸。我呛住了。作为报复，我潜入水中，抓住他的脚踝，把他拖往更深的地方。他毫无准备——我听见他呛咳的声音，接着我们纠缠在一起，就像两块石头一样下沉。他在踢腿，想踹我的头。我紧攥着他脚踝的手松了一点，但并没有放开。我的手攀上他的膝盖、大腿、腰，他的手臂环抱着我。他的一条腿缠住我的大腿，手指捏着我腋下和腰之间的某个地方。我们角力着。我不理解发生什么事了，好像我突然变成了小鱼，他才是鲨鱼。我眼前浮现出黑点，我要溺水了。布拉德掐了我的腰一把。他放开了我。我浮上水面，咳嗽着吐出水，怒火中烧。我睁开眼睛，视力恢复了，布拉德已经游远了。

~~~

布拉德的手在我大腿上留下了一块紫色的瘀痕。我会敲敲那块皮肤，享受着涌上来的微微刺痛，幻想着他的手以其他方式在我身上别的地方留下痕迹。每次训练，我都隔着泳道绳索盯着他看，看他敢不敢也注意我。他试图忽略我的目光，却老是在池子里呛水、被泳池边上的踢水板绊住脚，他失败的故作冷静让我兴奋不已。

意义深远的“鲨鱼和小鱼”游戏之后那个周末，我们又去客场比赛。我们乘坐满是灰尘的长途汽车去往宾夕法尼亚中部，蜷缩在覆着复古地毯涡旋花纹的座位上，那上面沾满了陈年尘埃和奇多零食碎屑。我占据整个后排平躺着，那是唯一有三个座位的一排，在厕所旁边。我戴着耳机听王菲的歌，脑子里想着我该在即将到来的比赛中怎么游才好。凯茜在我对面那排打盹，脸贴在窗户上，嘴张开，呼噜时的气息在玻璃上凝结成一片雾。

汽车在坑洼路面上摇晃颠簸。布拉德手脚并用地从过道中央走了过来，用胳膊抵着座椅头枕保持平衡。他经过我身边的时候，我对他眨了一下眼睛，他脸红了，挠了挠脖子。他一言不发地走进了厕所。我叹了口气。人们厚着脸皮在车上上厕所的时候总是很恶心——整辆车内的空气，尤其是我座位附近，都会弥漫着屎尿的臭味。

隔着王菲的歌声，我听见马桶冲水的声音。厕所门打开了，一股排泄物的恶臭飘出来。我的腿突然被向上提起，然
~~~

后又放下来，腿下出现两个暖乎乎的凸起。

我慌忙爬起来，用小臂撑起身体："布拉德，你他妈干吗？"

他掀起我的大腿，在我身旁的座位坐了下来，又把我的腿放回他自己腿上。我想把腿抽回来，但他的手臂压在我膝盖上，让我无法动弹。我取下耳机。队友的呼噜和汽车引擎的嘈杂淹没了王菲逐渐退去的吟唱声。

"嗨，壬。"他说。

"你要干吗？"我问。

"听我说。我想问问你。你是不是——呃——我的意思是——你是不是在追……"

"追什么？"我皱了皱鼻子，"顺便一说，闻着好臭。你就非得在我坐在这儿的时候大便吗？"

他挑起左边眉毛。"你能闻出我吃了什么吗？猜猜我上一顿吃了什么。"他调侃道。

"不猜，我谢谢你。你好恶心。"他的手放松了，我把腿抽出来，恢复正常的坐姿。窗外，宾夕法尼亚一马平川的景色飞驰而过；阴沉多云的冬日天空，车水马龙的沥青公路，干枯的树枝，目光所及之处只有灰色。宾夕法尼亚的冬天，每一片树叶都会枯萎凋零，树皮却能活下来。

"奶酪西蓝花烘蛋，我妈做的。"他说。

"赞哦，"我看向他，点了点自己的下巴，"你刚刚说什么？我追什么？你的话没说完。"

"你是不是——你是不是——呃，追——我的意思是，你想不想——”

我笑了。我的一只胳膊缠上他肩膀，将他拉向我。我实践着自己脑海中的想象，以及我在母亲屏蔽的那些网站上看到过的内容——只要用私人浏览器就能绕过屏蔽的封锁。布拉德不是凯茜，也不是人鱼，但他能凑合顶用。我屏住呼吸，这样就不用闻见他的粪臭或是没有刷牙的口臭。他的手指抚摸我的肩膀。粗野的手指，和他的身体一模一样，粗糙、厚重。举重室的磨炼让他的手掌蒙上老茧，隔着T恤摩擦我的皮肤。我们的手长得几乎一模一样。我在类似的地方也长着茧，在手指和手掌的交界处，长年累月攥紧杠铃换来的。每位运动员都以柔软的双手为代价换来了粗壮的肌肉。

凯茜还在睡觉。布拉德制造的臭味消失了，只余长途客车里浑浊空气与消毒剂的味道。要么是我们的鼻子习惯了大便分子，要么就是分子已经散去了。

我把头靠在布拉德肩膀上。他的鼻尖紧贴着我头顶。

“你喜欢我吗？”他问。

我耸了耸肩：“这重要吗？”

他的茧子碰到了我的脸颊，我顺从了他的动作，微微仰起头。他吻了我。茧子开始爱抚我耳下的皮肤。干燥的吻，没有唾液的交换。

我们像两个冰冻的塑料娃娃被按在了一起。谁的头都没有像电影里演的那样移动。没有激情，没有烟火，没有小腹燃烧的悸动。汽车突然颠簸了一下，轧过一个空洞，我的身体栽进他怀里，这个国家公路建设的失败成了最有效撮合我们俩的媒人。

我没有被布拉德吸引。我跟布拉德之间更像是饥不择食的时候面前出现一碗生西蓝花的感觉。倘若你已经挨了好几天的饿，哪怕是寡淡无味的蔬菜都充满诱惑。对付布拉德这样的，连调味料和烤箱都用不上。他只是速食食品，烹饪步骤简单，是那种“三步做好工作日晚饭”教程的成果。毫无营养价值。

~~~

再次接吻的时候，嘴唇更湿润了，或许也更顺畅了。我们很快便尝到了禁果。我和布拉德做的所有事都在狭小隐蔽的地方秘密地发生——在他那辆小货车放倒的后座上，他父母出门时在主卧的大床上，在泳池后面存放断掉的泳道绳索的密室里。我们没有告诉任何队友这件事。这是秘密，这必须是秘密。我们俩谁都承受不住来自队友和吉姆的审视。我只告诉了凯茜一个人，我很信任她，我甚至请她教我一些短信撩骚的技巧。她不会跟别人说的。她还能跟谁说呢？我是她唯一的朋友。

训练结束后，我们偷偷相会。他在车里上下动作时，汗珠的味道与其说是像盐更是像氯水，空气里弥漫着发霉脚蹼的味道。我学会了一些很重要的技巧，比如用什么方式吮吸他的脖子才能让他在我耳边低沉而气息急促地呻吟，以及如何挑逗地扭动腰臀。
~~~

我们不用安全套，全靠他在射之前拔出来。我觉得不戴套更刺激，因为我喜欢他毫无铺垫径直插进我体内的感觉。他越是饥渴，我就越能感知到他想得到我的欲望。最开始我们确实以安全为由戴过套，但我讨厌撕开包装纸时塑料起皱的样子，把眼看要干得像沙漠的地方变得一点润泽都不剩。

和布拉德上床能有效阻止我头痛。那种明晰感令我狂喜迷醉。

我和布拉德做爱的时候，我什么都不想，我最喜欢这样——这是我找到的第一项能让我完全忘记游泳的活动。

不知怎的，这几个月的幸福生活让我误以为只要幸福能一直持续，那么继续当人也不错。我是多么可笑啊。对于人类而言，快乐总是转瞬即逝的。

第八章　凯茜

亲爱的壬：

你收到我的上一封信了吗？我用尽全身力气把瓶子扔进小河里，但和大多数现役以及退役游泳运动员一样，我在陆地上动作不太协调。瓶子没扔多远，但是水流把它冲走了。希望能顺利到达你手里。

瓶子你留着吧。如果你把瓶子放在阳光下看，玻璃会闪闪发光，折射出美丽的彩虹光芒，就像你最爱的书里那些人鱼的尾巴。对了，我好像没跟你说过我看过你的书。如果侵犯了你的私人空间，我很抱歉。

这也是为什么我今天要给你写这封信——我想为我做过的另一件事向你道歉，那时候你还是人类呢。

你没有邀请我去你的房间，我瞒着你偷偷去了。你总是甩下我，和布拉德那个傻 X 出去玩，我还能怎么联系到你呢？布拉德什么时候像我这样可靠，陪在你的身边过？布拉德给过你什么我给不了的东西？你从来没问过我能不能接受你和布拉德搞在一起。你也没问过为什么我后来也和罗布在一起了。

你猜怎么着——我和罗布是在演戏。我们在一起纯属寻求庇护，以及打发时间。罗布怕死了他那个军人出身的老爹，所以和我在一起成了他伪装自己的方式。我答应和他在一起，也是因为我不希望你认为我在吃布拉德的醋，也不想让你觉得没有你在我会很孤独。

请谅解，我所做的一切都是因为我太痛苦、太孤独了——人做出任何事情不都是因为这个理由吗？

我是在某次意面派对时溜进你房间的，那时候我们念十年级。你是主办者——嗯，你妈妈是主办者。不觉得很荒谬吗？我们要求每个人的母亲每一个星期都为女子泳队做饭和办派对。我猜，吉姆的意思是让每位母亲每赛季只主办一次派对，但所有人都要带吃的来。他声称这是让大家分摊压力。他可真好心啊。让我觉得好笑的是，你妈妈从来不自己做饭——她去开市客超市买微波炉加热即食的速冻春卷。别人的妈妈会花上好几个小时做层层叠叠的奶酪奶油蘸酱，你妈妈只会花十分钟开车去超市，再花两分钟用家里的微波炉加热。其实这本该就是最聪明也最简单的方案，但所有人里面，只有你妈妈勇于尝试。最棒的是，你妈妈买的开市客春卷好吃极了。和自家做的一样——不，老实说，比自家做的还好吃。

其实我真的很怀念意面派对。可以说那是我对游泳生涯的唯一怀念。当然，除了你之外。自从我为了维持“合理的”日常热量摄入而放弃游泳运动员食谱时，我总会幻想那些无休无止的盛宴：四种奶酪做馅的意大利饺子、肉酱面、各式各样的土豆、玉米片簇拥着的浓稠蘸酱、菠菜草莓核桃沙拉、水牛城辣鸡比萨——还有甜点！这些天，为了“健康”，我每天只能吃一块黑巧克力。我妈说这样能帮我戒掉所谓的甜食瘾，但我还是无比想念饼干拼盘，一个个圆由琳琅满目的高糖材料组成：肉桂糖、燕麦葡萄干、巧克力豆、白糖、姜汁糖蜜、树莓果酱、雪球糖霜、双色奶油。我喜欢在高压游泳比赛之前放纵一把，我们真是幸运，可以狼吞虎咽，因为我们不必像越野跑运动员和体操运动员那样保持苗条，也不必像摔跤运动员那样在比赛前为了体重分级而减少热量摄入。而且也没人会笑话我们，因为意面派对是男女分开的——女孩去一家，男孩去另一家。没有蠢男人来和我们争抢食物。我们可以尽情地吃，吃尽眼前的一切都可以，尽管吉姆还是会唠叨，说我们该注意管控饮食，因为轻盈的身体更容易浮起来。我们把食物塞进嘴里，齿关开合咀嚼，通心粉鸡肉煎饼统统嚼成两瓣、四瓣、八瓣，碎屑送进肠子里，让碳水化合物与单糖之神决定它们的命运。记得吗？我们会玩笑般向那些神灵祈祷，祈求他们能仁慈地把饭菜化作能量，支撑我们第二天穿越泳池。我们无须批准就会起身去取第二盘、第三盘、第四盘食物，因为这是我们应得的——老实说，我仍然觉得这是我应得的。

对了，我从来没跟你说过，吉姆经常把我喊去他的办公室，给我大讲特讲他那著名的减肥论。我实在不好意思告诉你，尤其因为你一直跟我说，体重并不重要。那时候我无法苟同，因为吉姆和我妈都不停和我说，只有减掉20磅*我才能参加州级比赛。他一直说我得控制自己的饮食，但也别太极端，否则会患上厌食症。但他又会紧接着对我眨眨眼，就好像他很希望我患厌食症似的，这样我就能游出此生最棒的成绩了。

我引以为豪的是，我从来没在他跟我说减肥论的时候哭过。当然了，你没听过这一套。作为运动员，你完美无缺，堪称典范——全身上下只有肌肉。

你会想起童年时的旧居吗？我不知道人鱼会不会想家。我还记得那次，我在你家车道停下车的时候，总是忍不住看隔壁那座大房子——你家的房子小而朴素，立方体，栗色百叶窗，深色瓦片屋顶，比邻居家的房子都小得多，米色的木瓦风格为你家增添了一层伪装的面具。

你家前门没锁。我走进屋的时候，被门口泥泞脚垫上成堆的运动鞋和雪地靴绊了一下。我把羽绒服丢在左手边铺着地毯的楼梯上，和其他的外套丢在一起，循着叽叽喳喳的人声和叮叮当当的餐具碰撞声前去。我突然意识到，那是我第一次去你家。

于是，我决定入侵你的私人空间。我对于食物的那种饥饿被想了解你的那种饥饿冲淡了。

我扶着楼梯栏杆，跃过那堆外套，蹑手蹑脚地上楼，地毯吞没了我的脚步声。我爬得愈高，意面派对的喧嚣就愈淡。

---

* 1磅约合0.45千克。

我登上了二楼。你家只有两层楼。我左右张望。没有人。所有人都在楼下。有三扇门紧闭着。我冒险打开了离楼梯最近的一扇。

你对我挥手。我倒吸一口凉气。你抓到我了。我绞尽脑汁想编一个合理的借口。

我突然意识到那不是你本人，只是凝固在某个看不见的摄影师的镜头里的你，就在木制的、未上漆的梳妆台顶。你和你爸妈还有其他我不认识的满脸皱纹的亲戚，在红铜和银色的相框里。我还记得，我闯进的第一个房间很大，大床、两个床头柜、书桌、一堆把手坏掉的塑料洗衣筐堆在屋角。有半边床显得比另外半边更乱，猩红色的被子皱巴巴的，枕头凹陷。我猜，你母亲睡在比较乱的那半边，整洁的另一半则是留给你离家的父亲的。

我关上门，小心翼翼地沿着楼道走向下一个房间，即便铺着地毯，我还是踮着脚尖。

是卫生间，装饰简洁，白瓷砖，洗手池下放着毛茸茸的地垫。我走进去，在背后锁上门。镜子和水槽都有干涸的牙膏痕迹。台面上有两瓶歪倒的布洛芬，一瓶空了，另一瓶盖着盖子，再旁边是一管快挤净的高露洁牙膏和一支牙刷。薄荷绿的膏体呈环状凝结在牙膏顶端，又干又硬。我用拇指摸了摸牙刷磨损不堪的刷毛——我认出那是你的牙刷，因为你总是忘记换新牙刷，一直用到刷毛变得像蓬蓬野草而不是精心修剪的草坪。对于护齿这样的琐事，你总是很健忘，你的头还在疼，注意力又全都集中在游泳、人鱼和学业上。

你还记得我俩在客场比赛同住一个酒店房间时总会一起刷牙吗？我总觉得一起刷牙很温馨，就像一对情侣。你刷牙的方式漫不经心，手腕软绵绵的，打着不规则的圈。我会战战兢兢地观察你，因为我不想和一个会掉光牙齿的人白头偕老——我总会叫你刷牙刷更长的时间、更用力，画出标准的圆，每隔几周换一次牙刷。但你从来不听我的，只会说你的烂牙是遗传的，因为在中国的时候，医生不会补蛀牙，只会把牙齿整个拔掉，而且你妈妈有四颗假牙，她嚼东西一点问题都没有。

我转向浴帘，粉色和紫色的塑料瓶码在白瓷架子上。我拾起洗发露挤了挤瓶子，一股带着花朵、椰子与香草的复合气息扑鼻而来。如果我拥有一个香水实验室，我可以毫无滞涩地重现那种味道，即使是现在你不在我身边的时候也可以。我们都还是女孩的时候，我就深深记住了你的气味。我渴望闻到你头发的香味，顺着你的脖颈一路蜿蜒。你未被氯水侵蚀时的味道，萦绕在你储物柜周围。

之前客场比赛的时候，我会偷偷挤你的洗发露用。我洗完澡之后，感觉仿佛你就围绕在我的头部周围。

浴缸里和旁边地上都有黑色的毛球。是你掉的头发。我见过这样的头发，在更衣室地上、淋浴排水口旁、你梳子的梳齿里。我捡起几缕，用指尖捋一捋，假装它们还长在你头上，我抚摸你头发的时候，你就发出舒服的轻哼。我松开手指，碎发就飘落在地上，如羽毛般轻柔。我抬头，看到——人鱼的尾巴。

我永远难忘在你浴室墙上看到的东西。

大部分发丝已经干枯，有些剥落了，失去和墙壁间的黏性，但我仍能辨认出你勾勒的那些蛇一样的形状。你是不是站在淋浴下，一缕缕扯下自己的头发，在墙上画出鱼尾？你是不是用手指拖动着发丝，直到它们成功画出鱼鳍和鳞片？

我不敢触摸你的画作，害怕你会发现我偷偷来过这里。

壬，你的画吓坏我了。

我没法问你究竟是怎么回事。如果我胆敢对你提起你家淋浴墙上那些用头发勾勒的鱼尾像，你只会笑话我，然后去和布拉德一起玩。

所以我什么都没说。

对不起。

我离开卫生间，想着要不要下楼，去和意面派对的热闹融为一体，忘掉那些鱼尾。但我走不掉。我必须看看你的卧室。我的心脏怦怦跳着，就像刚刚长泳过一场。我悄悄走向最后一扇门，伸出手准备好要攥住门把，去往你入眠与苏醒的地方。我心里尖叫着，喊出的每个词都大写加粗。我想好了，我要在王菲的海报前徘徊，我猜你肯定贴了。我要像十字架般展开双臂倒在你床上，与你身体压出的凹陷刚好重合——那时候，我的天，其实现在也是，倘若手持钉子与锤子的人是你，我心甘情愿地想被钉死在十字架上。我想把鼻子埋在你的枕头里，像每一次客场比赛时那样深深吸入你头发的淡淡椰香。我想做情人们在卧室里会做的事。我想打开你的衣柜，描摹你挂在那里的每件衣服，想象着你同意我拿走你最喜欢的T恤穿着睡觉。我爱你的穿衣风格，爱看你在更衣室穿上衣服。你总问我为什么脸红，我只好怪罪训练太累，但实际上，那是因为你总是穿得那么好看，色彩搭配绝妙，我都不知道世上还有那样设计独特的服装，更不知道咱们高中还能允许学生打扮成这样，毕竟老师们都手持尺子走来走去，随时准备测量女生裙子和背心肩带的长度。最开始你一丝不挂，然后慢慢让身体浸入精挑细选的服装里，仿佛你是侍奉女王的私人骑士，正在穿上战斗的铠甲：田园碎花裙搭配高筒袜和带跟牛津皮鞋，黑色宽松款西装外套搭配印了图案的T恤和高腰紧身牛仔裤，皮质短裙搭配渔网袜和厚底短靴。在更衣室里你显得那么强壮，肌理分明，偶尔我望见你举起哑铃或是拎起帆布背包的时候，我会有刹那的失神，以致两只脚都穿进了同一条裤腿里，忙于幻想我的头被你的肱二头肌挤压、我的脸埋在你胸口直至窒息的感觉。我能凭空回忆起你所有的衣服以及它们裹在你身上的样子，因为我恨不得钳住那些布料把它们从你身上全都撕下来，我的心震颤着呼唤你的名字，壬，壬，壬，壬，壬——

抱歉。我只要一想起你就容易忘乎所以。

推开门的时候，我被门内的荒芜震惊了。家具贫瘠简朴，纯粹为实用而存在。一张狭小的单人床紧靠角落，小巧的白色衣柜，上面摆着天蓝的花瓶。花瓶的形状像一条鱼，底部是尾巴，开口是鱼嘴，两边各有鱼鳍，勾勒花瓶优美的曲线。鱼鳞凹刻在瓶身，鱼嘴探出两根晒干的麦秆。我走近想摸摸麦秆，却又瞥见了对面墙上有其他装饰，是你在意到甚至愿意自己动手贴在屋里的装饰。我急着过去看，差点把自己绊了一跤。

你在墙上贴了好多奇形怪状的人鱼插画。女孩的头嫁接在蛇的身体上，人鱼啮咬男人的咽喉，人鱼长着彩虹色的绒毛，人鱼头上长着头发般的触手，人鱼掐着自己的喉咙，双眼因恐惧而圆睁，彻底失声。人鱼引诱男人，在他们手腕缠上海草的锁链。人鱼在腹部遍涂泥沙与鱼肠。有些图片是黑白色的，显然年代久远，类属中世纪的神话传说，另一些则是彩色的，花哨鲜艳。你墙上的每一页插画都有毛边，仿佛你是疯狂地从某本书里把它们撕下来的，纸张本身却平整光滑，好像你小心翼翼地确保着这些图画毫无瑕疵。

从你睡觉的角度看，你醒来的第一眼和睡前的最后一眼都会看见这些画组成的神龛。

壬，我当时是不是应该把你的人鱼神龛毁掉？是不是应该跑下楼问你为什么要做出这样的东西？

布拉德知道人鱼神龛的事吗？是他帮你把一幅幅画贴好的，还是说这是你自己的秘密，独属于你一个人？

你本来可以和我分享这个神龛的。

有一段时间，在你离开之后，我一直对你没跟我分享过这些东西而耿耿于怀。

为什么呢？我以为你是信任我的。

我在试着理解你。你为什么不能帮我理解你呢？

抱歉我那时什么都没说。和你、吉姆、你妈妈，我什么都没说。我以身体为瓶，将未说出口的道歉牢牢封存。如今，它们转移到了这个瓶子里，我只希望能把它传递到你那里。

我敢打赌，在你走之后，你妈妈肯定把你卧室里的人鱼神龛和淋浴间的壁画全都毁了。不知道她会不会也像我一样，为了没有早点问问你究竟是怎么回事而悔恨。假如我们早知道是这样的话，或许我们还可以采取某些措施来干预。

我真的很抱歉。我要说多少次对不起，你才肯回到我身边？

但是我想，到了最后，也算是顺遂。你现在是人鱼了，估计你现在也开心多了。

你遇见别的人鱼了吗？有没有爱上其中哪一条？或者是什么别的海洋生物？你身边有没有养宠物鱼？像朋友一样？长得就像你那只蓝色花瓶？我也不知道水底世界的规则是什么样的。你现在交往的那些人鱼和书里插图的那些长得一样吗？她们有点吓人，但我相信，如果你觉得她们可爱，那肯定就没有问题。我信任你。

你可以给我回信的。把信放在小河边就好。你甚至不用露脸。我经常去那里转转，肯定能在风或者流水把你的信带走之前找到它。

请告诉我你如今平安无虞。给我讲讲最近都发生了什么事、你离家之后又认识了谁。我保证我不会再吃醋了，不会再像你和布拉德在一起的时候那样。

我只希望你幸福。

我很快会给你写下一封信的。

爱你的

凯茜

第九章

我终究尝到了人类放纵饥饿的苦果。

月经迟了。我没有跟布拉德说，而是径直把凯茜拦在了更衣室里：“凯茜。”

“怎么了？”

“你能不能跟我去一趟便利店？”

她正在储物柜里翻翻捡捡。她已经穿好了衣服，正在等我准备好之后一起出去。她转向我，脸颊一红：“好啊。怎么了？”

我把她按在林立的储物柜间，俯身压着她，抱住她的头。我必须耳语才行。谁都不能听见我即将要说出的话。声音会在更衣室里逡巡——两列储物柜开外，艾丽和米娅正在比较睫毛膏的防水效果。

我贴在凯茜身上，嘴离她的耳朵只有寸许距离。正经的秘密需要以正经的方式传达。她哆嗦了一下。我的呼吸拂在她耳廓上。

“我的月经来晚了。我得去做检查，但我不想自己去。而且我也不知道怎么用那个东西。你能陪我一起吗？我信任你超过队里任何其他人。”我把头向后微微仰起，身体却紧紧靠着她。我们凝视着对方的眼睛。她双唇微启。我希望她能听懂我的暗示。

“操。好，我陪你去。”

“现在？”

“对。”她说。

“好啊。谢谢你。”我放开她。她慌乱地捋着自己的卷发。

“准备好了吗？”我问。

她点了点头。

我们一起离开教学楼。我向着我的车走去，但她拽住了我的袖子。

“我开车。来吧。”她提议道。

“你确定吗？”我假装自己没有在暗中期盼她会主动开口。

“当然了，咱们一起过去。来回也就五分钟。”

“好吧。”我任由她把我拉到她的车旁边。我爬进副驾驶座，把书包和装泳具的帆布包随手丢到后面，教科书和湿毛巾砸在地上，发出一声闷响。凯茜皱了皱眉头。

“怎么了？”

她叹了口气：“没事。”

她小心翼翼地把自己的包放在后座，绕回前面，启动了车。

我们开车的时候，我不禁开始思考怀孕对于游泳会有什么影响。怀着两个月的身孕训练显然不太现实。我必须退队。十年级赛季末的地区赛快到了，那是本年度最重要的比赛，怀孕会彻底摧毁我的游泳梦。几次训练之前，吉姆把我拉到一边，跟我说大学招生官会来看比赛。虽然我要到十一年级才会参加招生，但越早给招生官留个好印象越好。我可以在地区赛之前去堕胎，但估计还需要时间恢复。况且，我家里有足够的钱做人工流产手术吗？到底要花多少钱？我再次意识到，我在操心人类的问题——人鱼就没有这种问题——我的焦虑顿时化作沮丧。

“壬，你不能让一根屌取代女性之间的友谊。”凯茜咬着下嘴唇，盯着前方的路看。

“我得去验孕，而你还在这里操心女性友谊？”

“行吧，万一我是帮你转移注意力呢？”

“嗯哼。所以你是想我了吗？”我调侃道。

“对，我想你了。”

“你自己不是也和罗布打得火热吗？”我问。

“是啊，但和他搞在一起跟和你一起玩是不一样的。我们俩开始和男生交往之后，讲话讲得少多了。”

“也是。我是说，咱俩都很忙啊。但你不是也可以主动给我打电话吗？”

“我试过啊！”凯茜在红灯前猛踩一脚刹车。我俩差点被甩出去。

“凯茜！拜托小心点开。”

凯茜抽了抽鼻子。她是在哭吗？我看不出来。交通灯变成了绿色。我们缓缓向前驶去。

“好吧。你说得对，你是对的。对不起。”我道了歉，但心里并不明白凯茜为什么要这么难过。“至少我们现在就在一起玩啊。”我说。

凯茜用衣袖擦了擦鼻子。她打了个嗝。

“所以为什么你叫我跟你来，而不是布拉德？”凯茜问。

“凯茜。你别犯傻了。”我说。

“行吧。”

“我应该更小心的。体外射精的避孕率不是百分之百。但你知道吧？做的时候总是想不了那么多。”

凯茜冷笑一声：“不啊。我不知道。”

“你和罗布还没睡过？”

凯茜倒吸一口气：“壬！”

“干吗？”

凯茜的脸涨红了。

“那估计是没有了。”我说。

我们抵达了商店，凯茜抓住我的手，在货架间转来转去，路过一架架口红、指甲油，以及吉姆提醒我们不许吃的高糖零食。凯茜的手冰冷潮湿。还有一张张顶着彩虹色头发的画像人头，定格在装着染发膏的纸盒上，僵硬地对我们微笑，仿佛在嘲讽我的焦虑。

“这里。”凯茜停下脚步，指着一排粉色的盒子，上面写着“早早孕验孕棒：99%的准确率！”。

我抓起一盒，头也不回地离开过道，一眼都没看她。没必要在此多愁善感。我把验孕棒丢在付款柜台上，售货员是个满脸粉刺的少年，正等在那里。我刻意避开他的目光。

“7.99 美元。”他拖长音调说。

我把衣兜翻到底，找出钱包。里面没有现金。

我不想用信用卡——母亲密切监视着每月的账单，寻找一切误刷的痕迹来解释为何月支出这么高，好有理由给信用卡公司打电话申请退款。

“给你。”凯茜悄悄走到了我身后。她把下巴抵在我肩头，给售货员递去一张揉皱的 10 美元钞票。她的额头贴在我肩膀上，恰好嵌在肩窝里，像雏鸟依偎着母亲。

我换了个姿势，她的头滑落下来。她猛地抬起头，愠怒地望着我。

我对她挤出一个笑容：“谢了。”

“别客气。”

店员用塑料袋装好验孕棒递给我，隔着塑料也能认出那个粉色的纸盒。我接过袋子的时候，指尖碰到了店员的手，但店员一眼都没看我。他是在暗中审视我吗？他觉得我有魅力吗？他有没有注意到我的肌肉？我在想，或许我现在、当场就能引诱他。我可以绕到柜台后双膝跪地，拉开他的裤链张开嘴。实在太容易了。

凯茜扭头望向厕所：“要不要在这里用一下？测完就完了。”

“好啊。”我转身丢下店员，紧张地用手指摩挲着塑料袋。

“我在这里等你。”凯茜在厕所门口的红色长椅上坐了下来。

“待会儿见。”我走进厕所，里面弥漫着一股干涸尿液和氨水混杂的气味。我用鼻孔呼吸着。隔间的门都大敞着，这里一个人都没有。

我把自己关在最靠近厕所门的隔间里，把塑料袋放在垃圾箱顶。我窸窸窣窣地翻开塑料袋，撕开纸盒。我读了两遍说明，但依然一个字都没有看懂。我该怎么把手放在自己的尿流下面？我恶心自己，恶心自己的失误，也恶心眼下的整个局面——求着凯茜陪我一起来，让凯茜替我付验孕棒的钱，隐瞒布拉德，在便利店被氨水腌入味的公共厕所里撒尿。我拽下裤子，如说明上那样握着验孕棒尾端，放松自从训练结束后就一直紧绷的膀胱。温热的尿液从验孕棒上溅到我手上；我皱眉蹙额，将它抵在那里，强忍着瘙痒与挥之不去的仿佛我在侵犯自己身体的感觉。我把验孕棒放在塑料袋上，把那只被尿液浸湿的手举得高高的，仿佛手是在流血一样，然后笨拙地用另一只手提上裤子。我快步走到洗手池边，把从手掌到手肘都搓洗了一遍，又回到隔间去查看验孕棒结果。说明上写，结果会在指定的圆圈里浮现，但那里只有一团无法辨别的污渍。污渍代表什么？据说只有线型代表答案，污渍没有任何意义。

操。

我从厕所门口探出头，左找右找，终于瞥见了凯茜。她一直坐在长椅上，低头盯着自己的运动鞋。

“喂。凯茜。”我轻轻喊了一声她的名字。她没听见，我就又叫了一遍，声音大了些，“凯茜！”

“嗨！”她惊了一跳，立刻起身冲过来，“怎么了？阴性还是阳性？”

“我不知道。”

“什么叫你不知道？那上面不是有结果吗？”

“你进来。”我抓住她，把她拖进了厕所里。

门在我们身后关上了。

她伸手去拿验孕棒，但我拍开了她的手。“别摸，恶心得要死。我尿在上面了。”我说。

她咯咯笑了：“话是这么说，但我们每天都在彼此的尿和汗里游泳啊。而且这又不是我第一次摸沾着你的体液的东西了。你忘了我还帮你用过血淋淋的棉条吗？老实说，沾满尿的验孕棒都算不了什么。”

我勉为其难地把验孕棒递给她。她举到眼前细看，纸盒就放在镜子边上，她努力将污渍和盒子上写的说明进行对比。

“你喝了多少水？”她问。

“很多。我从训练开始就一直憋着。”

“好吧。我也看不出来。我觉得你是因为喝太多水了，所以尿被稀释了，验孕棒测不出来。你得再测一次。”她把验孕棒丢进了垃圾桶，“你在这里等着，我再去给你买一个。”不等我同意，她就转身离开了厕所。

我转眼望向厕所镜子里的自己。眼下一片青黑和干纹。我用柔软的食指指尖勾勒着干裂嘴唇的轮廓。训练后，我太担心验孕结果，根本没心思梳头打理自己，只是胡乱把衣服套上了。母亲会批评我的邋遢，她觉得人都应该爱惜面子，低调安静。我们从来不会讨论性、婴儿，以及安全套。即便我们一起看王家卫的旧电影的时候，这些元素比比皆是，限制级话题也从不会出现。如果我们谁都不说，那它就不存在——也许这就是为什么我父母总在讨论钱的问题。

婴儿洗礼会上，吉姆会对我的头扔多少把椅子？布拉德会承认孩子是他的吗？孩子从我的子宫出来的时候，会不会眉毛比头发还浓密？我一点都不在乎孩子，不在乎我自己，也不在乎任何可能会对我怀孕指指点点的人。我只在乎自己能不能游泳，游得快不快。我扇了自己一耳光。镜子中，我的头被打得甩向右边。我的眼神癫狂而呆滞。我的鼻孔翕张。氨水味灼烧着我的鼻毛。我逼着自己调匀呼吸，不要粗喘。

门又打开了。凯茜抱着一堆粉色的东西走进来——她足足买了三盒，而不仅仅是一盒。她观察着我的脸。

“你是刚刚打了自己吗？”她问。

“拜托你别管了。”我脸颊上浮现出一个掌印，开始刺痛。

“呃，好吧。”她犹豫了一下，但没再追究，“你能再尿一次吗？”

“我觉得我已经掏空了。但我试试吧。”我说。

“好。你拿着。”她撕开一个盒子，取出验孕棒给我。

我充满暗示地挑了挑眉：“想像卫生棉条那次一样帮帮我吗？佩臬洛普想你了。”

她脸红了：“呃——”

“我开玩笑的。”我毫不幽默地干笑了两声，回到隔间里锁上门，脱下裤子。

凯茜清了清嗓子。

距离第一次测试的时间太近了，我尿不出来："凯茜——我不行。"

"壬，你必须再试试。"

"你能不能去帮我买瓶水？"我问。

"不行，我没钱了，"她说，"而且不能把尿稀释，记得吗？"她的声音仿佛脱离了肉体。从隔间底部的空隙看，她没有嘴，只有双脚和小腿下半截。"嗯，好吧，我有个主意。你准备好了吗？"

"什么？"我问。

"滴滴滴滴，答答答答。水，海浪。小溪。流流流。水，流动。泳池，水拍在我们身上。氯水。水水水，滴滴滴——"

"你在说什么啊？"我不禁笑了。

"我在帮你想跟液体有关的东西！这样你就能尿出来了，这个老法子百试百灵。好了，我继续了，水体，液体，滴滴，答答，江河湖海，潺潺的小溪——"

细细的尿液"答"一声落在验孕棒上。我释放的时候不禁笑出声来，因为这不是第一次凯茜听见我体液流动的声音了。凯茜还要多少次站在厕所隔间外，等着我解决佩臬洛普的各种问题？

"好了，第二根来了。"我走出隔间，没有冲洗就把验孕棒递给了她。她已经摸过了之前那根，所以我猜想她应该也不介意摸这个。

我洗第二次手的时候，她在认真观察。

"壬，只有一条线。我保证。"

她想把验孕棒递给我，但我摇了摇头——我的手已经洗干净了。她把它放在洗手台上，挨着另外两个纸盒。我们俯下身一起看，头撞在一起，共同打量那条细细窄窄的线。我们离得那么近，我都能在凯茜的呼吸里闻到她刚刚吃的那根巧克力豆能量棒的味道。她的头发还是湿漉漉的，冰冰地贴着我黏湿的皮肤。

“好像是。你说的是对的。”

没有喜悦，没有失望。只有淹没我的如释重负感，因为我不用再错过训练或者比赛了。

终于有这么一次，我的人类身体没出岔子。我摸了摸自己的小腹。

没有婴儿，只有腹肌。

凯茜揍了我的胳膊一拳：“幸运婊。”

我夸张地故作惊讶，倒吸一口气：“凯茜！你说了‘婊’这个字！”

“佩袅洛普肯定也开心坏了，不用挤出一个婴儿来。”

我打了个哆嗦：“真过分。”

我用拇指和食指拈起呈阴性的验孕棒，丢进垃圾桶里，落在一堆用过的纸巾上。我们俩一人占着一个洗手池，水龙头流水的时候发出呜呜的声音。凯茜猛按几下皂液器，它每次吐出一口洗手液都会吱吱乱响。

“好了吗？”

“好了。”

我们离开了厕所。耷拉着脑袋的店员没看见我们俩离开，他忙着玩手机游戏。我们往凯茜的车走去，大步流星地穿过停车场——更像是在蹦蹦跳跳。傍晚的天空上拖出长长的粉色和紫色的尾巴。阴性的验孕结果和绚丽的晚霞让我俩十分雀跃。我吸气，再呼气。冬天的冷空气化作一团清晰可见的白雾。我高兴地欢呼了一声，望向凯茜，她也在笑，脸被停车场的灯光映得明亮，在灿烂霞光里显得格外美丽。

~~~

三天之后，我的月经来了。自习课的时候，凯茜在网上搜索除了怀孕之外还有什么可能导致月经推迟，结果找出了一大堆合理的解释：过劳、疲惫、高压。这些问题我统统都有。

身为人类，这样的症状可真令人郁闷。

在那次怀孕惊吓事件后，我决定植入宫内节育器。我很恐惧任何基于激素调理的长效避孕手段，因此尽管网上有很多人说铜制节育器会导致月经量增多和痛经，我还是选了它。对我来说，现在需要承受的痛苦和出血量已经不堪忍受了，怎么还会有更坏的情况？难道每个月还能过得更糟糕吗？

当妇产科医生第一次试图为我植入节育器的时候，他花了半个小时戳弄我的宫颈，然后宣判我太紧张了，太紧了，太窄了，不适合手术。他给我开了一些药，据说是能帮我放松。一周后，他再次尝试手术的时候，我被止痛药弄得昏昏欲睡，却依然在气他如此无能，也气我自己为什么要在地区
~~~

赛近在咫尺的时候错过两次比赛，只为了保护我的身体不受布拉德过度活跃的精子入侵。我半裸着，双脚踩在脚蹬上，过分暴露，连我和布拉德在一起的时候都没有这样过。我不记得医生的名字了，他在我腿间钻来钻去的时候，秃头一直在反光，呈米黄色，和房间里五彩缤纷的霸王龙壁纸形成鲜明对比。一个奇怪的银色装置把我撑开了。

“请放松。”他说。他的呼吸幽幽地拂过我的大腿。我打了个寒战，深吸一口气。

“你没有放松。”他说，显得沮丧而不耐烦，手上继续试图把那枚铜制节育器塞进我体内，尽管体感上那更像是一把刺刀——他开的药失效了。

我尖叫起来，一声、两声，因疼痛和不得不在这种毫无安抚效果的环境里保持镇静而大哭。

医生叹了口气，向后一坐。“我让你吃的药你吃了吗？”他烦躁地问。

我疼得像一摊烂泥。我点了点头。

“好吧。那你就得放松。”他说，抚摸着我的大腿。我尽力遏制住想掰断他手指的冲动。当他再度把脸放回到我腿间时，我幻想着抬起脚狠狠踢碎他那颗丑陋头颅，把里面豆大的脑子碾成肉酱。

他向更深的地方挖去，一阵剧烈锐痛传来。我已经准备好迎接来世了，因为那时我确定自己刚刚残酷而惨烈地死过一次了。他一定扎透了我的宫颈、小腹、皮肤，那只铜制节育器像剑一样穿过肚脐眼戳了出来。然而，医生却发出一声胜利的呐喊，摸了摸我的下腹，以为这样能安慰到我。

“结束了！”他宣布道，然后脱下了手套。

我哭得上气不接下气。医生困惑于为何我们的反应如此背道而驰——他欣喜若狂，我却痛苦不堪。

“呃——你什么时候准备好了，就可以去前台了，坐在那儿的女士会为你办理出院手续。”他洗完手，把手甩干，就立刻离开了房间，不愿在一个受到创伤的女孩身边多待哪怕一秒。

我躺在那里，独自一人，半身赤裸，浑身冰冷，小腹抽痛，呕吐感一浪高过一浪，宛如海啸将我淹没，我的身体在余震中颤抖。我的脑子在头颅里横冲直撞，宛如长牙期的婴儿似的啃咬着颅骨。尽管全过程我都知情同意——妈的，这甚至是我自己主动要来的——我依然因为自己被侵犯而恸哭。吉姆因为我又错过了一次训练而暴怒，他哪怕站在远处，我都感觉得到他白热化的怒火，火舌正在舔舐我的皮肤。母亲本来不想让我植入节育器的，因为这代表她的宝贝女儿要么已经有了性生活，要么就在考虑性生活这回事，但她还是答应开车接送我去诊所。我甚至能隔着医生会诊室的墙看见她等在候诊室里的样子，坐在坏掉的树脂椅子上，手里紧紧攥着一盒切片的水果，那是给我的惊喜礼物，也是给我和避孕工具“第一次”亲密接触的安慰。她旁边有一摞杂志，封面上都是光彩照人的白人电影明星，梳着喷满发胶的马尾辫，头顶的电视则在播放美国肥皂剧，讲的是编造的失忆故事——对于他们来说，失忆只是推动情节的工具，而对我来说，失忆是一种忍耐，是熬过每次头痛、每次医疗流程以及每次看医生的手段。

~~~

作为人类女孩的时候，我痛恨所有的医生。

治疗脑震荡的医生辜负了我。他本该看出我没有痊愈的。他本该阻止我撒谎的。而我的主治医生，他在提醒我性生活之后记得要小便的时候，露出一抹坏笑。我和布拉德开始上床一个月之后，我的尿道炎检测呈阳性，每次我试图小便，五脏六腑都像被卡车碾过那么痛。我跟母亲说，我可能是因为用了一根在更衣室地上捡到的脏棉条才感染的。更多的谎言。我嘴里哗啦啦含着苏打水一样的谬论，把我的牙齿逐一腐蚀。

我不是因为更衣室患上尿道炎的，但我确实因为那里面脏旧的水泥地而患上了跖疣。我去看的那个足病医生告诉我，他最喜欢亚洲女性的脚了，因为他能在她们脚上看出好几代之前的人缠足留下的痕迹。有一次他把手指插进我脚趾之间，像虫一样扭来扭去。还有一次，卢克的儿科医生父亲在某次游泳比赛时跟我说，他一直都想收养一个亚洲女婴。他一边按摩我的肩膀一边和我说，作为亚洲人来说，我的肌肉可真美丽。

然后就是秃头妇科医生，把我的五脏六腑一把撕开，还把自己的无能归咎于我的身体。
~~~

我还要怎么信任他们之中的任何人?

~~~

布拉德仍然不知道我月经来迟了，而且他对我的节育环和尿道炎也完全无知。就算我跟他开口说了，他也不知道这些东西代表什么，更不会花时间上网查。

是凯茜在我每次看完妇科医生之后给我打电话；是凯茜给我买一盒又一盒的蔓越莓汁，让我把尿道清洗干净；是凯茜帮我在验孕时成功地尿了出来。

凯茜说布拉德是个脏屌。布拉德屁都不懂。

饥肠辘辘，欲火难耐，以及其后果——受制于肉体凡胎的生理机能，真令我疲惫。
~~~

第十章

十年级赛季结束时，我的“真我”开始逐渐显形。那段时光是催化剂，让我的大脑终于开始认真琢磨如何才能最终摆脱人类的躯壳。

我在地区赛中表现绝佳。吉姆很是为我的成绩骄傲，他和我说，他瞥见常春藤大学的招生官们站在看台上，我游泳的时候，他们频频点头，赞许地指着我的方向。他确信，十一年级开学后几个月，他们肯定会主动联系我，然后再来下一次地区赛看我比赛。我把这个消息告诉母亲时，她尖叫起来，抓住我的手，在厨房里转来转去。这是很多年来我第一次见到她这么兴奋。因为游泳而被大学录取，至少代表着我肯定拿得到录取信，以及奖学金。最重要的是，对我感兴趣的学校不是什么州立大学，而是常春藤——任何比常春藤更差的学校，她都会拒绝他们抛出的橄榄枝。

我们队很多人都在地区赛上取得了超过吉姆预期的成绩。我们横扫每个对手，以 30 分的悬殊优势赢得了比赛。吉姆欣喜若狂。这样的成功值得庆祝——于是我们像往年一样，去罗布家办年度赛季末派对，象征着几个月来的自律终于圆满结束。我们已经厌倦了纪律，准备尽情狂欢，尤其是在本赛季场场大胜之后。就连九年级新生都喝得酩酊大醉——罗布父母信奉眼不见，心不烦。

我们全队所有人一起加入的大型派对都是在罗布家办的，大家都喜欢他家的巨大后院，那里有篝火堆、六英尺*深的泳池，还有跳水板，周围簇拥着俗气廉价的土著火炬装饰。罗布家的房子是队员里面最豪华的，由他的父亲——一位身负大量军事勋章的金融顾问——一手购下，又由他那隆过胸的瑜伽教练母亲亲手设计装修。她那对假胸在我们之间臭名昭著。

我和凯茜一起去聚会，她在开车。一路上我都在抱怨吉姆为我制定的夏训目标，而凯茜耐心地听着，一言不发。吉姆从不认为有必要专门训练像她一样游得比较慢的选手。听完吉姆的计划后，我在地区赛大获全胜的兴奋劲儿就慢慢消退了。我已经厌倦了不间断的游泳训练，厌倦了过度关注以毫秒为计量单位的细微进步，厌倦了在一成不变的 25 码泳池里来回折返。如果能在自然开阔的水域里为快乐而游泳，该是什么感觉？

我们抵达罗布家的时候，两个人四只手合力才能拉开那扇沉重的橡木门。门厅的假钻石吊灯闪烁着柔和的金光，我们不禁眨了眨眼。郊区新贵家庭的浮夸象征。屋里，一簇簇

---

*　1 英尺约合 30.48 厘米。

假的槲寄生挂在顶楼的木栏杆上，一直垂伸到门厅底部。这样的装饰很奇怪，因为现在并不是圣诞节，而是4月初，我们每年的赛季末派对差不多都在这个时候举办。但罗布爱好铺张华丽，喜欢在开派对的时候大肆悬挂槲寄生，因为这种植物存在的意义就是充当借口。几丛槲寄生，就能顺理成章地引来浪漫：快看，是槲寄生！咱们接吻吧。眨眼，充满引诱的笑意，激情热吻——伸出舌头、头部跟着转动的那种热吻——烟花在空中绽放，波切利缠绵的《告别时刻》及时响起。罗布这份从未实现的可爱幻想真像命运多舛的悲剧爱情故事，因为我们相比槲寄生，更喜欢轻松的挑战，比如“真心话大冒险”或者“天堂七分钟”——所谓“天堂”就是罗布家的储物棚，里面堆满了用钝了的耙子和扎破的甜甜圈形状的汽车内胎。

正是游戏、槲寄生和酒精唤起了青少年荷尔蒙，让我们无可避免地在这种派对上搞到了一起。我们把这种现象称作“泳交趴”。我们在派对上的告白与表演逐渐化作种种奇妙传说，多年后在更衣室里任人津津乐道。

“凯茜！欢迎你来！”罗布的母亲穿过花花绿绿的走廊，双臂大开。

“你好啊，约翰逊夫人。”凯茜被她挤进怀里的时候露出龇牙咧嘴的表情。

“哦，拜托了，我都跟你说过叫我朱莉就好！真开心你来了。罗布他爸很想你。你们俩在谈恋爱，他可高兴了！”

凯茜贴在罗布母亲身上，脸上写满了痛苦。我本想说点什么为她解围的，比如表示我们俩都饿坏了，现在必须马上去吃饭的房间。那里多半有一张大桌，上面满当当的全都是水牛城辣鸡蘸酱、意大利面、鸡翅、芝士通心粉丸子、炸奶酪棒蘸番茄酱。这些东西才是运动员派对的灵魂，远比酒精和来宾男女比例重要。委派罗布去选最好吃的微波炉垃圾食品和一桶桶气泡软饮，用来兑必然出现的伏特加和朗姆酒一起喝，我们都很放心。没等我开口，约翰逊夫人已经放开了凯茜，扑向了我。我几乎被她岩石一样硬的双乳碾碎了，每只乳房都由当地声誉卓著的整形医生精心打造，上面覆盖着排汗、透气的四向弹力氨纶纤维面料。一平方英寸的布料比我全身上下的衣服还贵，一个假体的价格要超过我的车。我从她怀中挣脱出来，对凯茜做了个鬼脸，她被约翰逊夫人过头的热情逗得想笑，正努力憋着。

“快去玩吧。大家都已经到了，要么在外面，要么在客厅呢！食物绝对够吃。”约翰逊夫人尖尖的红宝石色水晶甲指向门厅另一侧虚掩着的那扇门，那边依稀飘来队友们嬉笑的声音，在金色碎花墙纸之间回荡，“凯茜，我去跟我老公说一声，你们俩打个招呼。”

约翰逊夫人走了，她的高跟鞋和她的指甲一样都是艳俗的大红色，鞋跟在大理石花纹的地砖上发出脆响。她在家还穿这么不实用的鞋子，我实在很惊奇——我和我妈在家都穿拖鞋——我转向凯茜，她正慌慌张张地拖着我穿过门厅：“壬，快走！我真的不想看见约翰逊先生。”

“好了，好了，我知道了。”我看着她，“你为什么要和罗布在一起啊？你们俩看上去根本就不喜欢对方。”

“我挺喜欢罗布！他妈妈也还好啦，”凯茜松开手，双臂抱在胸前，“我只是不喜欢约翰逊先生罢了。”

“有理。他确实挺可怕的。别担心，我会保护你的。”我的左臂穿过她右边的臂弯，挽着她一起向着狂欢的队友们走去。

~~~

我们一贯的经典节目是“真心话大冒险”，大家都喝得醉醺醺的，围坐在篝火旁，吃着露台桌上堆满的大袋装的碱水椒盐脆饼、花生酱 M&M 巧克力豆、酸奶油洋葱薯片。一瓶瓶诗凡卡蓝色树莓味伏特加和麦克斯柠檬酒藏在鲜亮的皱巴巴的塑料袋里。

游戏已经进行了两轮。酒精和没有监护人在场的青少年派对那种迸发的荷尔蒙气息令我摇摇晃晃。虽然赛季期间我滴酒不沾，但我很喜欢喝酒，因为酒精能清除我头部的痛感，让我不再惦记着身体里的铜棍、人鱼，以及当我狂欢与游泳时独自一人守在家里、没有父亲陪伴的母亲。我全身都涌起“亚洲醉酒红”的血色，凯茜因此称呼我为她的“塞壬”（Siren）。这个绰号让我脸红得更厉害了，皮肤也愈加鲜红。其实凯茜口中的塞壬指的是同形词，警车顶上那种闪烁的红色警灯（siren），但我心中暗自渴望，当她唤我塞壬的时候，她指的是希腊神话里的海妖，以幽幽歌声将水手引向礁石上
~~~

和海洋中的死亡。

在卢克和布拉德的起哄声中，凯茜的“大冒险”挑战是舔罗布的脚。艾丽和米娅被要求接吻，她们在男孩狂热的鼓掌声里伸了很多次舌头。到现在为止，我唯一做过的事就是把四个巨型棉花糖塞进嘴里，相当平淡，所以在第二轮的时候，我又选了一次“大冒险”，希望玩点更刺激的。

“‘七分钟天堂’和‘真心话大冒险’乱炖吧。我挑战你跟卢克一起去储物棚里待七分钟。”艾丽说。她邪恶、狡诈、诡计多端。虽然艾丽暗恋卢克很久了，但叫我去和他完成这个大冒险是没什么问题的，因为她知道卢克绝对不会真的把我当恋爱对象来考虑。

所有人都嗤笑起来，大家都很忌妒，毕竟卢克可是我们队里的明星。每个人都想和他有所交集，不管是赛后和他击掌也好，还是在储物棚里给他做口活儿也罢。他的游速快到可怕。每年他都在100码仰泳里打破州纪录，也就是他自己的纪录，为任何敢于挑战他的后辈树立了越来越高的标杆。十年后，他就会出落得和他父亲一模一样，秃顶，大鼻子。卢克的金发已经开始从顶部凋零了，显然预示着他未来的模样。他说不上有魅力，但他的臂展和一整条泳道一样宽。请容我再说一遍：他游得快。这是对于我们泳者来说最重要的事。我不是说过了吗？美人总是游得快，游得快的人总是美人。他已经连续两年担任队长，而他之所以被提名，不是因为他善待后辈，而是因为他游得快。他是一个从未尝过败北滋味的赢家，最危险的那种人。

卢克挤眉弄眼。我一阵恶心。我的肠胃咕咕在叫。我瞥了凯茜一眼。她看起来既好奇又无聊。她的嘴角向下垂，篝火闪烁的光把她的双眸映得像黑洞一样。

“来吗？”卢克起身，对我伸出手，假意表示骑士风度，“在我去耶鲁之前，今晚可能就是你最后的机会了。”他夸张地噘起嘴，假惺惺地表演着对自己光辉未来的悲伤。十年级刚开学的时候，耶鲁的教练就给他打了电话，献上一份他无法拒绝的录取信，那是只有美国最有天赋的年轻运动员才有的珍稀待遇。卢克当然答应了，因为对于21世纪的超级明星运动员来说，大学签约邀请的降临就是他们特有版本的昭昭天命。我们本来以为卢克会去游泳队名气更大的学校，比如伯克利、吉姆最爱的宾夕法尼亚州立大学，甚至佐治亚州立大学，但卢克的精打细算让我们所有人都大吃一惊——自然，耶鲁会成为他个人履历上光鲜亮丽的一笔。总有一天他的泳技会衰退，到那时候有名校做后盾是好事。不仅如此，耶鲁的男子泳队还被誉为常春藤联盟里最爱狂欢派对的队伍。他们有一本恶名远扬的手账，每年都会更新常春藤女泳者的长相排名。

我盯着他伸过来的手掌。我能感觉到，队友的目光全都集中在我身上，震惊于我为什么没有马上抓住那只手。就像耶鲁一样，谁都不会拒绝他；他总是能得到他想要的一切——这就是顶级运动员的特权。蟋蟀鸣叫声组成大提琴、中提琴与小提琴的三重奏，和木炭燃烧的噼啪声一起为我们一动不动的盛大表演伴奏。

卢克皱了皱眉头，手依然伸着：“走吧。”

我又偷偷看了凯茜一眼。我读不出她的表情。周围太黑了。我只能摸索前行，不知道该做什么、去哪里、说什么。

“别闹了。”

足足30秒的沉默。我和队友们目瞪口呆。凯茜的话掷地有声，宛如雾里突然现身的灯塔，照亮了我面前的路。阴霾散去了，我胃里翻涌的恶心冒着泡泡，上升、上升、上升，直至它化作一声微弱的咕哝，从嘴里吐出来：“对，别闹了。我觉得这个挑战不好笑。不是很想去。”

艾丽嗤之以鼻：“凯茜，你闭嘴吧。壬，你去做嘛，说了挑战就是挑战。”她转过去看着卢克：“我帮你们计时。”她掏出手机，屏幕映出一道漫不经心的嗤笑。

“快点。”卢克不耐烦地说。

全队人都吹起了挑逗性的口哨。我听见布拉德的口哨声，比所有人的都清晰。他要么是故作大度，要么就是真的在因为我有机会勾搭上卢克而激动，这样说不定他还能通过我来二手摄入几滴常胜将军的基因。

“我非去不可吗？”我抱怨道。我故意换了一副语调，希望能借此表示我觉得眼下的情况非常荒谬。

“壬不用去。艾丽，你别闹了。”凯茜说。她的声音太轻了，我甚至怀疑自己的耳朵。

我望向她。她的眉毛被夜色染黑了，深深地蹙在一起，和她卷发的狂野弧度相互映衬。

我叹了口气。我不想糟蹋今晚愉快的气氛，也就是今晚，凯茜和我才被其他队友接纳了。而且卢克在七分钟里能对我做什么呢？我们是队友啊。

我站起身。我的浴巾掉在草坪上。

“我去吧。”我说。

我穿着蓝色三角形比基尼。我一直藏着这件衣服，把它塞进卧室衣柜的夹板缝隙里，不敢让母亲看到，因为她觉得比基尼太暴露了。我的身体被烧成了琥珀色，火光、酒精和队友审视的目光统统映在上面。手臂和肩膀的每一道肌肉线条都被火光描摹得鲜明。

我握住了卢克的手。他的手掌有餐盘那么大，像划水最有力的船桨，轻轻松松地就裹住了我的手。他对我眨了眨眼。我猜他可能觉得自己很有魅力。他拖着我走向罗布家的储物棚，我走得跌跌撞撞。卢克颅顶将秃的那一块在火光里闪闪发亮。我们的身影走向储物棚，渐渐消失在黑暗里。队友都在笑，沉浸在醉后的淡漠随性之中，已经开始进行下一轮冒险。

~ ~ ~

我相信，接下来，你肯定想知道那天在储物棚里究竟发生了什么。人类经常会忘记的一件事是，他们的好奇心是带着恶意的。

你想知道每一个细节，这样你就可以针对这种模棱两可的事件里的每个参与者做出恰当的判断。你想搞清我到底配不配得上你的同情。你想知道所有的信息，所以你就能准确决定那一夜的事情到底是不是我的错。在我能被你相信之前，一切都必须深入而详尽地铺陈——我穿了什么，我说了什么，我拒绝了多少次，我拒绝了吗？

你已经掌握了关键信息：我穿着暴露的比基尼，我喝多了，而且是我自己答应要去的，为了不破坏派对的气氛。

基于以上事实，我的结论是，无论接下来发生了什么事，想要赢得你的同情都不容易。

让我猜猜，你脑海里可能会有如下场景：

卢克把我按在墙上，把手指插进我体内，像粗喘的狗一样舔我的脖颈，一串串口水流进我的锁骨汇聚成一摊。我在尖叫，*不要不要不要，凯茜救我*，卢克听到了“好”，尽管我喊了很多次“不”。对于卢克这样的金童而言，“不”这个字是不存在的，他的人生是由一系列*好好好好好*组成的。升职？好。贷款？好。他追求任何女孩？好。一夜情也好，婚姻与终生的不忠也好。以上是最能博得你同情的场面。很抱歉，我必须说真话，我向你保证，以上情景没有发生。我没有尖叫。我从来没有明确地说过“不”。

或者呢，让我来颠覆一下你的期望好了：我把卢克压在墙上，我正在蜕变为一名调教师，我的小臂抵着他的气管，他的双臂被我拉过头顶按住，我拽啊拽啊，直到他射在我的肚子和蓝色比基尼上，而我嘲笑他连这点自制力都没有。这一幕是不可能发生的，因为我不过是个女高中生罢了，年纪太小，无法理解不对等的权力关系也是可以在双方自愿的情况下显现和消失的，这取决于参与者是谁。

又或者说，如果我讲的是一个更温和的成长故事：卢克很尊重我，他说我什么都不用做，他是真正的绅士。古代的骑士精神在于帮女士开门，放到现代就在于居然没有性侵女士。卢克请我和他并排坐在地上，一边吃着他从桌上顺手拿走的墨西哥辣椒混青柠味玉米片，一边嘲笑艾丽的坏心眼和凯茜的圣母心，等待倒计时结束。这当然是讽刺啦。读到现在，你们也该知道了，我的人鱼故事里不存在这种欢乐温馨的情节。如果是这样，你们最开始也不会对这个故事感兴趣。

我告诉你究竟发生了什么吧：

卢克把我按在储物棚墙上，对我上下抚摸。他把手指塞进我的比基尼泳裤里，把它剥到脚踝。我假装因快感而呻吟，实际上我正蜷在储物棚的架子上，紧挨着汽油瓶和油漆罐，观看着这一幕，啧啧称奇于为何我的肉体看上去仿佛很享受，灵魂却恰恰相反。我从来没说过“好”，但我也没说过“不”。后悔、疑虑和困惑就在这种名为“或许”的灰色地带里挨挨挤挤地栖居，永恒地沦为单调的朦胧回忆，思维在无休无止的死胡同里打转。那一夜和之后所有的日子里，我都保持沉默。我从来没有推开过他，也没有指责过他什么。

～～～

派对过后那天，布拉德和我分手了。物理意义上分手了，但其实没什么好分的。没用心，没有爱，没公开过关系。什么都没“分”过。

他说他是因为吃醋才这么做的。看着我和卢克走远的身影，他便妒火中烧，痛苦不堪，方寸大乱，所以只能选择结束我们的关系。我指出，他似乎在派对上也没表现出什么不满的样子，我去完成大冒险挑战的时候，他还和别的队友有说有笑呢。而且游戏又算不得真。

他说都不重要了。

我试图劝说他，和他说反正我俩也没有真的在谈恋爱，我们只是约炮罢了，继续约炮也行，因为我喜欢打炮。

他说了“不”。

随他便吧。我想过要不要叫他把我的裸照删了，后来又没开口，因为在这里扮演受害者又有什么意思呢？还不如让他觉得我是在自信地行使着对身体的主权。

布拉德告诉我他吃醋了的时候，我闭上眼睛，闻见卢克弥漫着田园沙拉酱玉米片味道的呼吸打在我脸颊上，听见他的粗喘，感觉他的手指沿着我的腹部向下游走，按得那么重，足以让我呕出胃里的黄油脆饼。

第十一章

十年级终于结束了，暑假到来。我变得无精打采起来，就像夏日的空气一样，嗡鸣的热浪低低地压着。虽然不用上学了，但游泳训练一如既往。我恐惧着每一天的到来。我不想看到布拉德或者卢克，而且我开始躲着凯茜了，因为她那讨好的眼神让我回忆起她在那天派对的时候有多懦弱——哦，我不再称呼那天为派对了，因为派对的含义是欢乐与喜悦，称呼葬礼更贴切。

我回忆起那次十年级赛季末派对——抱歉，葬礼——以及和卢克之间发生的事情时，我总会想象一口腐烂的棺材，里面埋着我和凯茜之间的友谊，由名为羞耻、厌恶和冷漠的抬棺人护送着，沉入冰冷残酷的大地。阴森的葬礼进行曲响起，比如说埃米纳姆的《迷失自我》混音版。我唾向自己的墓碑，上面的墓志铭刻着：这里埋葬着凯茜沉默的后果。

根据宾夕法尼亚州律法，我终于到了可以找工作的年龄。虽然母亲说我不用工作，暑假不去游泳训练的时候在家学习就好，我还是报名申请了离家步行一英里远的社区室外游泳馆救生员工作。我想，既然能在水上漂浮是我唯一拿得出手的技能，我又可以赚着最低工资、每天走两英里上下班打发暑假的时光，何乐而不为呢？不去训练的时候，我也受不了在家待着，被人鱼、头痛和关于卢克手指的回忆吵吵闹闹地簇拥着。凯茜听说我的暑假计划后，也试图报名参加，但令我欣慰的是，没有别的空缺职位了。

社区室外泳池的条件令我震惊。我习惯的泳池是竞赛池：统一的泳道绳索把水池完美均分，地砖粉刷得整齐精细，每个泳道的起点都有一模一样的起跳台。我从来没去过这么破旧的泳池，侧壁的涂漆斑斑驳驳，虫子的尸体浮在水面上，凹凸不平的水泥导致池边的地面龟裂。我们对着孩子们一次次吆喝，要走不要跑。从肺部深处发出号角般的声音，免得他们被什么东西绊倒，给他们父母留下起诉泳池管理疏忽的机会。雇用的园艺师从来没有来修剪过草坪。在破损躺椅的椅腿从绿色野草丛里露出来的地方，蜘蛛结着厚厚的网。

室外泳池就连气味也不一样。并不难闻，只是怪异而陌生。在入职培训的时候，救生员队长发现我皱起了鼻子，不满于这里的气味，便告诉我室外泳池用的是溴水而不是氯水。

尽管环境恶劣，我还是很喜欢救生员的工作。孩子们喜欢我，把水下鱼雷和西瓜水球这样的玩具丢在我脚下，求我和他们一起玩。我的皮肤被夏日的太阳晒得黝黑健康。我坐在高高的救生员高脚椅上，做着人鱼用蚌壳冲浪的白日梦，换班的间隙就在办公室里重读简·奥斯丁的小说。我和另一个名叫埃斯的救生员搭档，TA[*]沉默寡言，但并不怯懦，两片嘴唇相比起做点什么实事，更愿意慵懒地抿着。TA懒洋洋地叉开双腿瘫坐在高脚椅上时，经常会心不在焉地用脖子上挂着的哨子描画嘴唇的线条。TA二十岁，大学辍学，不是泳者，不是运动员，这对我而言新奇而刺激，再者风险也小多了。

因为早上要参加游泳训练，我报名轮值每天最后一班岗。埃斯也在最后一班岗，因为等泳池关门、客人走光之后，TA就可以清清静静地在池子里裸泳和抽大麻。我第一次嗅到TA抽大麻的味道时，还以为是臭鼬，在草坪躺椅和泳池排水沟里找了半天，怀疑是有臭鼬溜进了游泳馆，因应激而放屁自保。当我意识到臭味的来源是埃斯而非一团黑白相间的毛球时，这种轻易破坏规矩的行为让我震惊了；我从未想象过，人还能像随手丢弃一顶撕破的泳帽般丢弃条条框框，能为了快乐而活，而不是为了游泳。

“来，你试试。”埃斯说道，示意我接过TA修长手指间夹着的烟卷。我们正坐在泳池边上，小腿泡在水里。匹兹堡夏末的傍晚，新剪草坪的清香和防晒霜味道混杂在一起，不知隐在何处的鸟儿清脆歌唱，在轻柔晚风中弥散。小虫子在我们头顶飞舞，丝毫不受影响。一根折断的树枝从腿边漂过。我们的工作之一是用捕虫网清理泳池里的垃圾，但我们实在是太懒了。

“不要一口吸太多。慢慢来。”埃斯说。

---

* 原文以they代指埃斯，并不代指男性或女性，故后文中用TA指代。

我吸了一口，被苦涩烟味呛得咳嗽起来。窒息感比在氯水里呛到还难受，肺部的灼痛远胜过屏住呼吸参加短跑比赛。埃斯笑话我，可我并不介意。TA没有恶意。我喜欢TA的笑声。

埃斯拍了拍我的后背："你会习惯的。"TA吐出的烟气汇入逐渐转凉的夜风之中。我们的大腿贴在一起，TA肌肤的气味与四周环境融为一体，大麻和溴水，而我自己身上还是氯水和防晒霜的味道。

"你能相信吗，迈克尔·菲尔普斯之前有一次被抓到吸大麻？"我问道。我目不转睛地凝视着埃斯，TA风轻云淡地夹着烟卷，手指绞着头发。我看得入迷。

"迈克尔·菲尔普斯是谁？"

"你不知道他？"我始料未及，同时又涌起一阵比别人更能对流行文化如数家珍的自豪。难怪凯茜对我解释各种事情的时候会有那种优越感。

"他是奥运冠军，"我解释道，"著名游泳运动员，世界顶尖之一。"

"我不关注体育。那他还蛮厉害的。"

"他因为抽大麻闯祸了。好像有个赞助商退出了。"我说。

"我想也是。大家都抽大麻，但没人想公开承认。大麻还是会被歧视的。"

我挠了挠胳膊上两个蚊子包，是今天值班的时候被叮的。蚊子在我手上大快朵颐的时候，我把它拍死了，它猩红的体液和内脏在我的皮肤抹开，令我想起那时凯茜第一次帮我解决佩褭洛普的问题。

“他用了一只什么东西？水烟斗？是在派对的时候。要么是狗仔队拍到了照片，要么是他的某个朋友把照片发给了媒体。我也不知道消息是怎么传出去的。”我说。

“他被抓了，真他妈倒霉。如果是真的，那他的朋友也太差劲了。不过他抽大麻啊，还挺酷的。”埃斯把头发撩到肩上。

“嘿，我家就有个水烟斗。有时间的话你可以过来试试。”TA 说，敲了敲我大腿上肌肉的凹坑。我的股四头肌颤抖了一下，TA 手指拂过的部分暖暖的。

大麻让我感觉仿佛挣脱了地球的束缚，灵魂出窍，飘飘欲仙。我抽大麻的时候，持续不断的头痛就会消失。迈克尔之所以抽大麻，是出于一样的原因吗？想要寻求麻痹感？一个功勋斐然的奥运冠军，他需要压制什么样的创伤呢？

埃斯的模样、嗑药的飘飘然和夏天的暖阳令我的肌肉放松下来，以至于我几乎忘记了我从小到大花了那么多年的时间与精力，把它们日拱一卒般练得更强壮。

无止境的进步令我疲惫。

我筋疲力尽。

和埃斯在一起的时候，我终于放松了。

我很喜欢 TA。我喜欢 TA 不紧不慢、安安静静的样子，和我那些不停寻求注意力的队友截然不同。我喜欢 TA 拖着救生浮标走路的样子，懒洋洋的，丝毫不在乎它会不会磕到石头。我喜欢 TA 对什么都不在乎的样子。我在乎的东西太多了，游泳、成绩、我的身体。我向后倾身，大腿缠着 TA 晒伤的腰，随波逐流，对我而言这是一种放空。我们接吻的时候，我祈祷 TA 的淡然能够通过唾液传给我。我想变得更像 TA 一样。淡漠，无忧无虑。我们的身体在溴水中融为一体，四周都是尖锐蝉鸣，空空荡荡的草坪躺椅里坐满我们的观众。然后我们交替含住烟卷，脚趾浸在深蓝色的水里，一言不发。

~~~

有一天，埃斯来上班的时候，TA 长长的棕色卷发染成了碧绿和水蓝，渐变的，发根还是深棕色，然后顺滑过渡到美丽的青蓝，宛如头顶奔涌绝美的瀑布。TA 围着我打转，为我脸上痴迷的表情忍俊不禁。

“喜欢吗？我想染人鱼的发色。”埃斯咯咯笑着说。TA 用力晃着头，连办公室里沉闷的木器表面都泛起蓝光。

“人鱼的发色？”我目眩神迷地喃喃道。我轻轻抚摸着埃斯的一缕头发，蓝色在我指间流过。经过漂白和化学试剂的磋磨，TA 的头发比起昨天而言更粗糙了，但摸起来还是软软的。我把一大把抓在手里，这时 TA 停下舞步，用头发蹭了蹭我的脸颊。

“看来你喜欢呀。”埃斯对我眨眨眼。TA 把我拉过来，我们开始慢舞，TA 的手环住我的腰，我的手则抓紧 TA 的胯部和肩窝。TA 的手指深陷在我肌肤里，虽然我怕痒，却还是咽下了笑声，这太柔和的气氛不适合吵闹的笑语。我们的头发散落在一处，黑发和蓝发纠缠着，在氤氲的潮湿天气里，头发就粘在皮肤上。救生员办公室的收音机播放着乡村音乐，
~~~

我们随之摇摆，泳池里各个来客的笑声与歌中的班卓琴声相映成趣。虽然我俩从没一起排练过慢舞，舞步却自动配合得天衣无缝。

“我很喜欢。我都不知道人鱼的头发是蓝色的。”我说。

“不只是因为颜色。还有发型的缘故——长波浪加上任何水光色，都可以算是人鱼发。好玩吧？我用的是药妆店卖的染发剂，比我预期的效果好多了！”

“很美丽。”

“我也可以帮你染一头人鱼发。”埃斯说，“黑头发有点难，得用很多漂白剂，但我们可以试试看。”

“疼吗？”我问。

埃斯犹豫了一下：“嗯。漂白剂会有点刺痛感，尤其是头皮附近。”

我把下巴搁在TA的颈窝里，呼吸着大麻和溴水味。收音机的乡村歌曲播完了，下一首是哀伤的爱情民谣。歌手曼声歌唱着7月份沾在白裙上的草渍、操场看台后面的秘密恋爱、牛仔短裤、罐装冰镇啤酒。埃斯开始跟着歌声哼唱，肌肤轻轻地颤动。

“疼就不要了。”我喃喃地说，但我俩身体贴得太紧，声音被吞没了，“我受不了更多的疼痛了。”

~~~

有些晚上，我们抽烟、裸泳、上床之后，埃斯会带我去
~~~

TA 家参加派对。和我在电影里看到的那种狂欢派对不一样，我们只是坐在地下室里，和其他瘾君子、自称艺术家的满身刺青的人一起待着——我的新社交圈。埃斯的朋友们互相递着大麻烟卷，拨弄吉他，奏响乱七八糟的美妙音调。我对这些人很好奇——瘾君子？他们对我也是如此——泳者？运动员？虽然我并不属于他们的圈子，他们依然让我感到很是舒适。虽然每次烟卷递到我手里时我还是会呛咳，他们也没有一次故意跳过我。我欣赏他们，和他们在一起的时候也笑得很开心，远比和队友们在一起的时候轻松。

埃斯的朋友们问我为什么要坚持游泳。我说我不知道。我说的是实话。我已经忘记了自己存在的全部理由。不重要了。我们大家都嗑嗨了。不疼了。

我在训练中的表现开始下滑，吉姆很愤怒。我从来没有像现在这样公然无视过他立的规矩。虽然我总会确保在训练前刷牙洗澡，不让他闻到一丝大麻味儿，但我还是看得出，他疑心我已经不再是他掌中那个纯洁无瑕的游泳健将了。我训练的时候，好像根本不在泳池里，灵魂出窍，飘飘荡荡，完全离开了肉体，感觉就像艾丽挑战我跟卢克一起去储物棚里的时候一样。我的肌肉还在运动，但我完全控制不了它们。

那个夏天，我依然不得不和卢克共享一个泳道。每次我潜水之前都会瑟缩。然而，尽管我半梦半醒，被工作时摄入的阳光晒得醺醺然——尽管吉姆以为我在偷懒——我还是和男孩游得一样快。

~~~

现在我意识到，是埃斯，还有那几个月的暑假休憩，拯救了我。埃斯，人鱼般的头发，轻松的笑声，未经修剪的眉毛，被太阳晒红的双颊上覆着绒毛，像桃子一样。

我和卢克之间发生的事，以及随之而来的一切——布拉德与凯茜的漠然、吉姆的压力——都在拖着我沉沉下坠。多亏埃斯，我学会了一件事，那就是过去的事情终究无关紧要。埃斯从来没问过我任何私密的问题，但我们之间的关系比起每天互相打招呼、问游泳练得如何、家长过得好不好的人来说，要亲密得多。埃斯的身体更像是享乐的载体，而非千疮百孔的残次品。我从 TA 身上学到，要从试图毁掉我的人手里夺回自己的身体。

我从没跟凯茜提过埃斯的事。老实说，是我忘记了——那个夏天，我和凯茜渐行渐远。我和埃斯在一起的生活似乎和任何其他事情都不相干。我穿着红色的救生员泳衣走进社区游泳馆的一刻就忘记了泳队、凯茜和游泳的时光。埃斯舔舐我的脖颈；我开始放空。

好物不坚牢，我们的关系结束得很快——8 月了，十一年级即将来临，比冲刺接力赛的最后一棒来得还要快。社区游泳馆过季停业的时候，已经有带着秋天意味的树叶簌簌落到池面上。上班的最后一周，我一直没有和埃斯一起裸泳，太阳落山更早了，晚风阴寒。我们谁都没意识到，最后一次单独相处就是真正意义上的最后一次。我后悔分别的时候没
~~~

有什么仪式感，因为我们只是嗑到嗨，然后在泳池里嬉水而已。埃斯没有表露出什么情绪，所以我也没有。

我也从 TA 身上学会了漠不关心。

开学了，真正的泳季也开始了。我难过地挥别了埃斯和瘾君子朋友们。

没过几天，我的皮肤就褪去了古铜色。但是，我的身体属于我自己这个新的认知并未随之褪去。我快乐多了，人生态度也积极了。我对吉姆保证，我十一年级一定火力全开，好好迎接焦灼、高压与备受期待的一年：地区赛 100 码蝶泳中夺金，为泳队赢下巨分，闯入州际赛，进入全州前三。如果能做到的话，如果我游得够快的话，我就能拿到任何一所大学的录取信，实现随便什么梦想。我父母的梦想。哈佛。常春藤。

吉姆每天都给我发鼓励的短信：

一分耕耘一分收获！

吃得苦中苦，方为人上人！

禁欲、禁毒、禁酒、禁甜食。保持心智清明。我爱你。你妈妈爱你。我们都爱你。

学期开始的时候，吉姆给母亲打了电话，请她来办公室开会。他提前洗了澡，桌上放着一束雏菊，这样他的房间里就会弥漫着花香和肥皂的清馨，而不是烟味。他想给母亲留下专业而风度翩翩的印象，好让母亲把管教我的权力移交到他手里。他在白板上勾画，对着她极其形象地描摹我的光明前途与无限潜力，斩钉截铁，毫不含糊。他在每一步之间都画了箭头，从匹兹堡大学的泳池到哈佛大学的泳池，到哈佛求职中心，再到理想工作或者念研究生的大学。壬想要什么都行！你想要什么都行！没错。哈佛也行！招生从十一年级开始，我们必须整装待发！

当母亲听说哈佛的教练对我很感兴趣的时候，她对于我透支式游泳训练的最后一丝担忧也消散了。她跟我说要集中精力。要好好学习，但更要好好训练。听吉姆的话。他知道怎么做才好。

我同意了，因为有更重要的事情即将降临——我自己的事情。虽然我还不知道自己该如何挣脱束缚，但我知道时机即将到来，而且就在不久之后。我很有耐心。人鱼们一定会等我的。血裔之间就是会互相付出的。

第十二章　凯茜

亲爱的壬：

说回我上一封信里写的那些话，我希望你别因为我偷溜进你的卧室而生气，也希望你不要以为我的道歉是出于虚伪或者懦弱。在我与你重逢之前，写这些信是我唯一能做的事了。如果我能当面向你道歉，我一定会的。只要你能原谅我，我愿意卑躬屈膝，下跪磕头。我什么都愿意做。

我还有更多的事情想向你道歉。这封新的信里也写满了我的歉意。

首先，对不起，我没有在那次篝火派对上再多说点什么来阻拦。你说没关系，所以我就保持了缄默。当你在火光里起身的时候，你穿着比基尼的样子太美了，我哑然失语，只顾着欣赏你的肌肉线条，而无视了你无声的呼救。你那么强壮。如果我能让你在罗布后院家的草坪上躺倒，我就能测量你每一块肌肉的角度了，钝角、直角、锐角，比我几何作业上画的任何一个菱形都美。锐角（acute）、锐角、姣好（cute）。我想用指尖抚遍你全身的轮廓，探索每一个线条的交点。

但黑暗吞没了你和卢克。你们消失了，我们就继续游戏。你从未和我讲过发生了什么事。可能也怪我从未问过你。说实话，那时候我并不想听事情的细节，现在也不想——但你本来可以和我说说的。我肯定会听的。我保证。

后来，整个暑假，你都在躲着我。我猜是因为篝火派对，可是侵犯你的不是我啊，是卢克，我不知道你为什么要怪罪我。老实说，直到今天，我都想不明白为什么。我还能做什么呢？我要怎么阻止卢克做他第二擅长做的事呢——他最擅长的是游泳，其次就是勾搭女孩，和年轻时候的吉姆简直是一个模子里刻出来的。难道我当时该把你强行拖到车上，一脚油门开走，把派对的混乱统统抛在身后？或者我该把卢克直接推进火里，使他全身焦伤，烧死在火里，让艾丽尽情哭号？

是啊，这些事情或许我都可以做到的，但现在再去纠结平行时空里的可能性已经没意义了。

不管怎么说，我很抱歉。

十一年级开学之后，你回到了我身边。我太高兴了，沉浸在你甘愿和我重修旧好的释然中。其实我也没有为了得到你的谅解而付出什么努力——但我摒弃了这个恼人的念头。我一门心思扑在支持你和保护你上面，用尽全部手段。吉姆不会像关注你一样关注我，但我那时相信，只要我和你一样严格自律，我和你的关系就又近了一步。我也戒掉了甜食，不再深夜看电视，晚饭后只吃一个苹果，早早上床睡觉。我甚至不再在意面派对上添饭，只盛巴掌大的一勺全麦意面，少放酱，多吃不加调料的沙拉。我知道，当你只能啃胡萝卜条的时候，肯定受不了看着我吃饼干。我放弃了每日午餐的糖分摄入，把好时之吻巧克力扔进垃圾桶，只吃食堂纤维分明的红苹果。

你从未因为我的牺牲而感谢过我。你有没有一次注意过我为你放弃了什么？

多亏了这些，我的游泳成绩上来了。我第一次闯入了100码蛙泳地区赛。你为我骄傲极了，一点都没有因为我的进步幅度比你大得多而忌妒——你对待我和别的队友总是那么大度，我们不值得你如此大度，尽管我觉得可能也是因为你已经比我们游得都要快了。你已经接近了你身体能力的极限。我泳速的秒数如海潮般呼啸着减退，而你的泳速以毫秒记，如水珠般滴答滴答逐次减少。自习课上、食堂吃饭时、训练期间、坐车去参加比赛途中，我听见你在小声默诵你理想的100码蝶泳成绩：56.00，56.00，56.00，56.00，56.00，56.00，56.00，56.00——仿佛一遍遍的重复就能让梦想成真。

我突如其来的进步令我萌生了浪漫的念头，我们俩可以去念同一所大学——这当然是异想天开，因为我的学习成绩肯定比不上你。但我还是在心里偷偷幻想，如果我们能当宿舍室友该多好，漫漫长夜一同去兄弟会派对狂欢，彼此陪伴与照应。我至今仍为没能实现这个愿望而遗憾。

十一年级开学那阵是我一生中最幸福的时光。布拉德、罗布和我们关系中的种种芥蒂都被抛之脑后。你会和我开玩笑，上学和训练的时候也一直和我黏在一起。自习课上你帮我背物理公式，我每天都会给你发猫卡在奇怪地方的图片。周末，我们分吃同一盘沙拉，去客场比赛时睡同一张床，八卦嬉笑，讨论着“睡谁？嫁谁？杀谁？”的选项，站在泳道尽头为彼此加油鼓劲。

壬，我那时候真的相信你已经好了。在我看来，你所有事情都处理得很好。当然，你来上学和训练的时候看上去有点吓人，头发乱糟糟，眼神狂热，挥舞着手机给我看各种吉姆发来的具有冒犯和侮辱性质的短信。但你一直在开玩笑，吹嘘自己已经因为赶作业好几天没睡觉了，打趣说比起布拉德而言吉姆教练更符合优秀前男友的标准，因为他简直为你、你的身体和你的精神而痴迷。你不停和我讨论起未来——大学暑假的时候我们可以找彼此玩，你在地区赛上会游得多快，你简直迫不及待要和哈佛教练聊聊。你谈论未来在我看来表示你心里还惦记着未来——在那个未来里你仍是人类，你仍存在于我们的世界里。我的世界里。我也没再见过你吃布洛芬了，你也没再求我从吉姆的急救箱里给你偷布洛芬。你似乎戒掉了止痛药，因为你的头痛自然痊愈了。我还看见你和吉姆在他的办公室里谈笑风生，他拿着白板笔，一般他都会写我们接下来的训练安排，可他正在你身上涂涂画画，标出哪里的肌肉需要加强。他在你的肩膀、胸部和手臂上都留下了长长的墨迹，而你一直在笑！

这些迹象都对我表明你安然无恙。我要怎么才能预测后面会发生的事？你一点提醒都没给我，我又要怎么才能提前预见到你会进化？

再说一次，我很抱歉。

再说一次，如果你当时愿意和我分享你的秘密，那就好了。为什么你一直选择沉默呢?

你本该可以告诉我，你是因为篝火派对才生我气的。你承受着巨大的压力。课业、训练、吉姆的抚摸——所有的一切令你不堪重负。你本该可以给我一卷缝线，详细跟我解释你的计划，这样也许我就会选择和你一起。我们现在就可以在一起了，我们俩都是人鱼。我已经长着一头小美人鱼爱丽儿般的红发了，那么我像你一样飞升，应该也不会太困难吧。

好啦。除了我写下的这些话之外，我也没有转过什么别的念头了。自从你离开后，我对任何事都提不起兴致。我的生活一如既往，生活在人类的世界里——这很无聊。每天都过得一模一样。

我传递给你的遗憾，就到这里吧。

爱你的

凯茜

第十三章

在地区赛前的几个月里，我表演着其他人所期望的模样。母亲面前我在学习和游泳。在凯茜面前我嬉笑和讲故事。吉姆面前我严格遵守他的训练安排和每日饮食计划：

上午4:30：晨练的燃料。一杯生燕麦片和一杯无糖苹果酱混拌，撒一点点肉桂粉调味。一片布洛芬。

上午7:30：训练后上课前的早餐。两勺淡而无味、粉笔末般的乳清蛋白粉，一根熟透的香蕉，三颗生鸡蛋，四杯水，搅打成奶昔。

上午10:00：零食。两颗白煮蛋，一小把杏仁。

中午12:30：午餐。鸡肉和水煮西蓝花，佐以小扁豆胚芽谷物面包片厚涂花生酱。一个苹果。一片布洛芬，或者两片——或者三片——取决于当天晨练和上午课程之后头有多痛。

下午3:30：更多的白煮蛋。大量喝水。

下午4:30：训练前补充能量。更多的杏仁，一个苹果或者一根香蕉，如果母亲允许我在超市奢侈一把的话，那就吃浆果。一品脱*蓝莓比一捆香蕉贵，量也少，但要好吃得多，所以母亲每隔几周就同意我买一盒。

下午 6:30：训练结束。狼吞虎咽地吃一根能量棒。白色塑料的包装上面用记号笔写着奇怪的化学元素成分，能量棒本身尝起来像沙砾混着燕麦。这是食品公司赞助吉姆的，他拿到队里来给大家分发。能量棒就着今天的第二杯蛋白奶昔吃，里面混着两片碾碎的布洛芬。

下午 7:00：回家。在母亲的坚持之下，不情不愿地吃她做的饭，饺子、面条，或者炒饭。不情不愿是因为，虽然母亲做的中餐比健身餐好吃得多，吉姆还是坚持晚餐应该再吃一顿鸡肉加西蓝花——高蛋白，低碳水。

下午 11:00：睡前吃 11 颗杏仁。吉姆说睡前补充一点蛋白质能帮助肌肉更快地恢复。

从外表上看，我的身体在摄入，然后表演出它应该有的功能。

而里面，我的大脑在密谋着，人鱼的认知深藏在我的颅骨深处，与魔鬼般的头痛搏斗，盘算着未来要逃离这具人类的身体。

爱我的人什么都没察觉，他们只看到了自己想看到的东西。

---

* 1 品脱（美）约合 473 毫升。

人类，永远愚不可及。

~~~

本赛季最后一次主场比赛被安排在十一年级地区赛三周之前，哈佛招生官会来看我比赛。时间是傍晚放学后，我多带了一份胚芽面包和花生酱来保持体力。

我们的成绩是八胜零负。吉姆期待本赛季我们队能再续不败神话。最后一次主场比赛的对手是我们的宿敌，其他学区为数不多能和我们分庭抗礼的对手之一。他们的女子队有个速度很快的蝶泳选手和几个实力突出的短距离游泳选手，4×100 自由泳接力也练得不错。

在这种竞争激烈的主场比赛中，像凯茜这样的泳者只能坐在场边，而我这样的泳者则被安排出战最拿手的项目。我负责 100 码蝶泳，以及混合泳接力的蝶泳棒。如果两场小组赛我都能取得意料之中的胜利，我就能为我们女子队赢得足够的分数，宣告胜利。我整个高中职业生涯都没输过一场主场比赛。我之前和对手的蝶泳运动员较量过，轻而易举地击败了她。她是如此无足轻重，哪怕有人以我的游泳生涯为代价，逼迫我交代一些关于她的个人信息，我也连她名字的第一个字母都想不起来。

我的子宫意识到接下来的比赛很重要。于是，像大多数高需求儿童一样，它在最不方便的时候突然发作。在第八节数学课上，子宫内膜开始剥落。莫里斯先生正在黑板上写一
~~~

组整数，我打了个喷嚏，鼻涕喷出来的时候，液体也从阴道里喷了出来。我的胃咕噜噜叫了起来，小腹随时可能开始抽痛。不幸中的万幸，还好今天穿了黑色高腰内裤和深色牛仔裤。腹中的刀叉开始搅动。宴会开场。

我举起手。莫里斯先生对我点点头，批准我去上厕所。我跌跌撞撞地跑进一个隔间，整个身子和头一起扑向马桶，胃里的东西一股脑儿倒了出来，一道烂烂糊糊的“瀑布”：胚芽面包、生燕麦、苹果酱、胡萝卜、鸡肉、布洛芬。

我发着抖，站在洗手池边，望着镜中一串汗珠从额头流到下巴。我比平时还要苍白，皮肤一点血色都无，比凯茜还要白。又一波痛觉袭来，我皱眉蹙额，紧紧抓住洗手池的边沿。我打开水龙头，用冰水泼自己的脸，不顾溅到上衣胸口的水滴，诅咒着这每月轮回一次的血淋淋的命运折磨。痛经的时候训练已经很难了，更别提要比赛。

但这一晚我必须拿出出色的表现。队伍指望我，吉姆指望我。我必须赢，否则吉姆会对我更苛刻。我已经无法再承担更多来自他的压力了。我的肌肉已经在他日常暴风骤雨般的施虐下不堪重负，现在又因为来月经而又酸又胀。

我没有回教室，而是走下楼梯，去了泳池更衣室。痛经的时候，我没办法坐直身体，也不想挨骂——莫里斯先生开学第一天就告诉我们，他最讨厌坐姿不正的学生。显然，他从没赢得过学生足够的信任，要不然为什么没人和他解释过每月流血带来的影响？

我的五脏六腑都在剧痛，几乎无法平衡身体，只能攥紧楼梯把手。我学着巴黎圣母院的驼背怪人走路——我就是游泳池的驼背怪人。

我犹豫着该怎么办才好。我想回家，但距离放学只有两个小时了，现在开回家去小憩一下只会浪费汽油和精力。

最后，我决定缩减一下居家月经康复流程。我走进空无一人的更衣室，拉开储物柜的锁，取出我的电热毯和痛经药——我每个月的救星。我干巴巴地咽下三片药，心头闪过转瞬即逝的担忧：我的血管里流着的全是布洛芬，再加一种镇痛药是不是太多了？但当痛感再一次穿透五脏时，我就顾不上担忧了，只能劝自己说刚刚肯定已经把布洛芬都吐出去了。我把药瓶放回储物柜，离开更衣室，走向泳池。我先探出头，确认里面没在上体育课。氯水纯净无比，一尘不染。

我走进与吉姆办公室相连的器材室——他从来不锁门——拿了一张运动软垫。我拖着软垫和电热毯走到泳池后面的暗室里。之前我有时候会和布拉德在那里亲热。除了进来丢弃断掉的泳道绳索、损坏的踢水板和缺少绑带的泳镜之外，从来没有人会到这个房间来。我也不需要担心布拉德会走进来：分手的时候，我以他的屌照作为威胁，逼他口头发誓永远不再使用这个房间。

被丢弃的游泳梦的象征物簇拥着我，我躺在软垫上，闭上眼睛，把电热毯盖在小腹上。失血和体内的疼痛让我虚弱不堪。在淡淡的氯水味里，我慢慢睡着了。

~~~

我是被激烈的叫喊和尖锐的吹哨吵醒的，迷迷糊糊间，我分不出自己身处何方。我辨认出了吉姆的哨声和队友的声音。

她在哪里？

谁去给她妈打个电话！

打过了！她妈说她不在家。

她妈跟我们一样，什么都不知道。

我给她发短信了，但她没回！

凯茜的声音是最清晰的。没有她，我们该怎么办啊？

我笑了。是啊，没有我，凯茜该怎么办啊？

我的尾骨隐隐作痛。身前，小腹上，散发着高热。后背下面则压着一摊冷汗。我伸了个懒腰，腹肌上摇摇晃晃的电热毯一声闷响，掉到了地上。药片、热度和睡眠的组合起效了——痛经和疲惫一扫而空。唯一能证明我身体刚刚遭遇过暴力摧残的，只有内裤上温温潮潮的触感和因盖了太久电热毯而滚烫、发痒的小腹。我站起身，肌肉在抗议。它们还没得到充分的休息。

我把软垫和电热毯卷到一起，整整齐齐地放在门边。我先小心确认没有人在注意这边，才从屋里走了出去。我不想任何人发现我。这个房间是我的小秘密，我偶尔上学时和训练结束后喜欢在这里打盹、和人乱搞，不想被外人打扰。

“嗨。”我溜到凯茜身边，碰碰她赤裸的肩膀。她已经穿
~~~

好了泳衣。在她身后，卢克和吉姆看到我，都瞪大了眼睛。卢克困惑地揉了揉下巴。

“你去哪儿了？”凯茜猛地转身抱住了我，“我们到处找你！没有你，我们就赢不了比赛。”她后退一步，打量着我的脸，“等等。”

凯茜把手掌按在我的额头上，像在试我的体温一样：“你怎么出了这么多汗？你发烧了吗？”

我摇了摇头，她的手从我脸上滑下来。“没有。我没事。我——呃——我一直在更衣室里呢。”我说，故意咳嗽了两声，掩盖笨拙的借口。

凯茜蹙着眉头，若有所思。她集中注意力的样子就像一只可爱的、毛茸茸的红色雪貂。“不，你没在那儿。我去找过。所有的淋浴间我都看过了。艾丽也在，她检查了每一个厕所隔间。我们俩谁都没瞧见你。”她说着，眉头皱得更深。

我摊了摊手：“那你肯定是没看见我。”

“怎么可能？”

我避开她的视线：“我怎么知道？可能是你自己太粗心。”

吉姆打断道：“壬，快去换泳衣。你得先热身。比赛快开始了。你感觉怎么样？”

我从凯茜的怀抱里挣脱出来，故意无视她受伤的表情。我对吉姆竖起两根大拇指。他是那种触觉发达的人，所以但凡想要对他传递什么信号，肢体语言最管用。

“感觉很棒。我去换衣服了。等会儿见。”我挥别他们，大步走向更衣室换衣服。

“怪人。”我听见卢克嘟囔道。

~~~

下一个项目是我的100码蝶泳小组赛。我在起跳台后面拉伸着，嘴里小声念叨着我的目标：第一名第一名第一名。压力很大。我的队友们游得并不好。到现在为止，只有卢克赢下了比赛，而且还有几个颇有天赋的新生队员加入了对手队伍，吉姆没听说过他们，自然也没把他们算进战略里。但我一点都不担心。我一定会胜利，拿下我们需要的那些分。虽然我的热身很仓促，但我准备齐全。左右两边泳道的蝶泳对手，她们的身材和我的肌肉比起来微不足道。我做完了平时的拉伸流程：流线型伸臂、火烈鸟式单脚站、摸脚趾。前面那场比赛结束的时候，我正在向前顶髋，拉伸髋屈肌和腹股沟。

运动员们纷纷从泳池里爬了出来。这是一场势均力敌的比赛。我闪到一边，给以四毫秒的优势赢得比赛的罗布让出喘息的空间。他比赛之后，无论输赢，都爱表现得过度夸张。他的皮肤涨得通红，胸膛因用力过猛而剧烈起伏。他弯着腰，手撑着大腿，仿佛就连对抗重力、站直身子的力气都不剩了。他看上去就像快吐了。我控制自己不去笑话他，只是默默戴上了护目镜。

“干得漂亮。”我把手背伸到他的脸下面。

他点了点头，轻轻碰了一下我的手，胳膊就垂了下来，
~~~

甚至没力气和我击掌。

“祝你好运。”他喘息道，声音微弱得几不可闻。

我用手掌把泳镜压得更紧了。我上下跳动，脚跟踢臀，帮助肌肉为艰难的比赛做好准备。

裁判吹响了哨子。

我向前一步，站在起跳台上。我弯腰倾身。脚移动到位：右脚在前，脚趾紧扣边缘；左脚后撤，踮起脚尖。

我双手下垂，指尖勾住右脚。

各就各位。

我紧紧抓住起跳台，脚宛如弹簧。

哔——

我的肌肉奋力一跳，我向前俯冲，我在水里了，身体疯狂地起伏着，手臂紧贴双耳摆出流线型。我跃入空中，用力划水的手臂螺旋般转动，抬头快速换气的同时胸口再度入水，双腿踢打出巨大的水花，前面就是池壁，马上要第一次转身了，指尖碰到池壁，身体向后甩去，头钻出水面。我看到了凯茜，在我的泳道另一端带头加油，很难辨认她的脸，但我认出那是她，因为我看到了火红的头发，再说了，还有谁在乎我在乎到愿意站在那里呢？在我滚翻转身蹬墙助推、回到清凉寂静的水下之前，有山呼海啸般的欢呼声涌入耳道，冲刷耳膜。我起伏着，流线型穿梭着，找机会从肱二头肌下的缝隙里瞥了一眼左边，那里空无一人，只有我一个人在这里，所有人都落在我后面。我领先了。我在赢。一如既往。

第二次触墙，我再一次转身，泳池这一侧加油的声音要稍微安静些。我的手臂开始灼烧。我抬头换气的次数超过了吉姆和我在赛前商定好的次数，但我需要空气，需要氧气，而且反正我也在领先了。我踢得更用力了：第三圈总是最难的。最后一次转身，凯茜的红头发和隐约的欢呼声闪现一瞬，然后是第四圈也是最后一圈：我积聚起剩余的所有力气，双臂如箭一样前伸，双腿向下猛蹬。我飞起来了。痛经？什么痛经？我在水中像着火了一样。我眼前发紫——泳镜为天地万物蒙上一层紫色的迷雾，不过胜利本就该是彩色的。虽然我看不见，我还是能感觉到身后对手的身体，就像猎人能感觉到猎物一样。

到了。最后一堵墙，我的手大力按上触摸板，前冲的惯性猛地停止，身体向后弹出一厘米。然后我扬起头，双手抓紧排水沟边缘，向比分板望去。59.28。不是我的最佳纪录，但我以三秒的优势获得了第一。我把手重重砸在水面上。看台上的家长和我的队友们狂喜欢呼。我拽下泳帽和泳镜，把后脑勺浸入水中，让头发漂散开来。

别人终于陆续游到了终点。我压着身旁的泳道绳索，对旁边的女孩伸出手和她握手——无论输赢，这都是游泳运动员的礼仪。女孩怒视我伸得远远的手，勉强碰了一下，就爬上了岸。我得意地笑了——看得出来，我赢得如此绝对，她不太服气。我抓住起跳台底部的横杠，把自己向上拉出水面，蹦跳了几下，让耳朵里的水流出来。我很兴奋。我很清醒。我才不像罗布那么软弱，他那样子就像每场比赛都能要了他的命似的。我比那些傻 X 男孩更坚强，哪怕我的阴道流着血，我也能赢得第一名。我的目光在泳池附近逡巡，寻找吉姆的身影。每场比赛之后我都要去和他碰头，听他指导我该在下一场比赛里怎么进步。

“打扰一下。”

我猛地转身。身后站着一个满脸皱纹的老人，他是我们所有比赛的裁判。他拿着写字板，对我皱着眉头。他的这张脸我很熟悉，但我不知道他叫什么名字。游泳比赛的官员都像是一个模子里刻出来的，仿佛某个科学家用试管克隆了他的祖父母——龟一样的下巴，萎缩的肌肉，白人，老年，已经退休，除了身穿丑陋的白色 POLO 衫和海军蓝百慕大短裤、试图反复重温在役时的光辉岁月之外，什么都不做。他们的态度都很差，空闲时间全都花在了取消年轻游泳运动员参赛资格以及为他们制造失望上面。

“你被取消资格了。”他宣布道。

“什么？”

“你被取消资格了。”他又说了一遍。

“什么？!”我尖叫道。

“DQ。D——Q。”他说了一遍“取消资格”的缩写，拖长声音念出每个字母，好像我刚刚才开始学说话一样，“记分板上没有显示你的成绩，因为我们得先参考官方规则手册进行讨论。”

“你找错人了吧。”我怒气冲冲地转身，湿漉漉的头发把水珠溅到了裁判的白色 POLO 衫上。我瞥见了吉姆，他正站在裁判桌前，嘴唇是一条坚硬的线。他取下了头上的棒球帽，按在自己心口上，就好像在哀悼一样。

我大步走过去，脚掌溅起噼里啪啦的水花。坐在桌后的官员们纷纷看向我，氯水在他们的文件上溅得到处都是。

“吉姆，这是什么鬼？裁判说我被取消资格了。”

他抿了抿嘴，捶了我的后背一把，力度之大是为了向我表明，他不是在安慰我，而是故意让我疼，发泄他的愤怒：“你就是。最后一圈的时候你的腿分开了。你的脚分得很开。”

“你在说什么？”

“你的蝶泳打腿。我觉得你是累了，腿放松了。有一条基本规则说，你的腿脚必须并在一起。壬，你是白痴吗？你他妈的怎么回事？你得在水里多练练打腿了。你需要努力。”

我吓得往后退了一步。我竭力控制住自己不要哭。疲惫感涌上来，兜头给了我一耳光。

“我从来没听说过还有这种规则。”我说。

“业余泳者会这样，所以到了你这个级别，就没人再提及这些细枝末节了。”他说。

“你是在说我业余吗？”

“壬，这是你的错。”

“看来我们没拿到需要的分。”我说。我的目光紧锁在脚趾上。我无法承受和他对视的感觉。

“没分了。”吉姆啐了一口，他的声音颤抖着，低沉嘶哑，每个音节都沁着怒火。如果我们不是身处赛场，身边也没有围着官员和家长迫使他不得不控制自己的言行，我会立刻闪避——吉姆此刻的语气代表他已经愤怒到能冲着我的头连扔六把椅子。

他推了我一把。我踉跄着往前扑，在双膝砸地之前找回了平衡。

“赶紧去拉伸，准备接力赛。别再搞砸了。”他转身走开，开始在写字板上写写画画，无疑是在记录卢克完美无瑕的动作。卢克正在游第二场个人赛，领先所有对手整整一圈。

我大步离开，把队友对手统统推开，他们全都站在泳池旁边看卢克比赛。

凯茜跟在我后面。“壬，发生什么事了？你赢得的分没被计入总分。”她喘着粗气，竭力要跟上我的脚步，脚在地上的水洼里打滑。她指了指比分板：“你看。”

“别烦我。”我咬牙切齿地说。我瘫坐在泳队休息区的椅子上。他妈的到底怎么回事？白痴规则。我自己也是个白痴，被痛经和夺金的狂妄冲昏了头脑。我的子宫、输卵管，还有获胜心联合起来给我挖了个陷阱，把我推进失败的深渊。

但也许这不是我的错。也许对手买通了裁判。我绝对不可能犯这种错误，又为之付出这么大的代价。裁判要么是受贿了，要么他就是种族主义者。对，他是故意针对我的，就因为我是亚洲人，他跟所有的有色人种都有私仇——

“真行啊，壬，”米娅摇了摇头。她贴在瓷砖墙上，一只高高举起的胳膊抵住墙面摆出击掌的姿势，撑着看台边缘保持平衡，正在拉伸胸肌，“因为蝶泳踢腿被 DQ 了？可怜。”

“闭嘴。”我说。但我心里其实并没有生气。没有任何人能让我感觉更糟。

凯茜在我前面一排坐了下来，米娅开始讲话的时候，她转过了身，目光在我们两个身上转来转去，像打乒乓球一样。她张开嘴，似乎希望插进来调解一下。

我打断了她。我无法忍受自己犯了错，别人还为我辩护："凯茜，没事。我和米娅要为接力赛做准备了。你不用在这儿待着。"我扭动上半身，消解腹肌和肩膀的乳酸。

凯茜闭上了嘴，又张开了嘴。"好吧。我去第五泳道给你们加油。如果你想在赛前或者赛后找人说说话，我一直都在的。"她从看台站起身，匆匆离去，依然频频回头望向我。

"她就像对你着了迷似的，"米娅轻蔑地笑了一声，"她跟罗布不可能真的谈过恋爱吧。罗布怎么受得了她啊？"

作为回答，我把头发里的水全都挤到了米娅的脚上。

"嘿！"米娅往后跳了一步，瞪着我，"贱人。你最好别把我们的接力赛也搞砸了。"她说着，像一条浑身湿透的狗一样甩着脚趾，氯水水珠溅到我的脚踝上。她开始拉伸腿筋，腿跷到我旁边的看台上，脚离我的大腿只有一英寸。她的脚底惨白，皱巴巴的，因为在水里泡得太久。

"不会的，"我用一根手指推了推她的脚后跟，十分嫌弃，"把你恶心的脚从我旁边移开。"

~~~

我们最终输掉了比赛。比分很接近。如果我没有在蝶泳个人赛时被取消参赛资格，我们赢得的分数就足以让我们获
~~~

胜了。我在接力赛的时候简直呕心沥血，双腿紧合，爬上岸的时候脸上挂着罗布那般清晰可见的疲惫。我在接力赛中的努力得到了回报——我们以五秒的差距击败了第二名。但是接力赛的分数不足以弥补我被取消参赛资格带来的差距。

吉姆因为没能如愿以偿地保持赛季全胜成绩而大发雷霆，队员们也因为失利而沮丧不已。所有人都在责怪我。只要我走进更衣室，女子队的队员们就会摔上储物柜门，匆匆离开。大家在泳池边上集体拉伸的时候，我一个人待着，离所有人都很远。两组训练之间，大家浮在浅水区休息时，和我一个泳道的人都挤在一边，我自己在另一边。但我并不需要他们的羞辱，因为我已经代替他们把自己羞辱了无数遍。我从来没有游得这么糟糕过，在被取消资格之后的几天里，我不再存在，不再学习，不再露出任何表情，脸上一片死寂。我也不再进食。我浸泡在食堂嘈杂的人声里，把我的午饭推给凯茜。她不吃的，我就全都扔掉。我看得出凯茜担心我，但她也没有再追问。在家里，我趁母亲不注意的时候把晚餐全都倒进垃圾桶。我在渐渐枯萎。

每个星期天，不用上学也不用参加游泳训练的时候，我没有学习，也没有和凯茜一起消磨时间，只是待在家里，和母亲一起把《重庆森林》看了一遍又一遍，就像小时候那样。每当王菲穿着空姐服、拖着行李箱再次出现在酒吧时，我都会哭。看电影的时候，看完电影之后，我都哭得稀里哗啦，每天晚上睡觉前甚至要换两次枕套。泪痕把我的脸颊腌得红肿脆弱。每当我把自己浸在氯水里，我的脸都会因为沉郁的悔恨而灼痛。眼泪从睫毛上滴落，划过双颊，流进嘴里。我开始用薄荷漱口水漱口，以冲淡无休止的咸涩的悲伤。我的眼睛肿到我不得不戴墨镜去上学。老师们没有要求我把墨镜摘了，原因和他们从不在我上课睡觉的时候打搅我一样：我是游泳健将、明星运动员、全优生。我不需要他们的训诫。偶尔，我在训练的时候哭得太狠，不得不中途停在墙边把泳镜里的水倒出来。我哭是因为我如此丧心病狂地失败了，因为我辜负了吉姆的期望，因为真正的人鱼才不会像我一样游不好泳。我不禁开始怀疑自己是否还会化作人鱼。

有一次，在练习自由泳的时候，我因为看不清楚而一头撞上了卢克的后背。我哭得太厉害，泳镜里灌满了水，镜片起雾了。卢克狠狠扇了我一耳光，巴掌落在我脸上最红、最肿的地方。他大声喊着叫我滚开，否则就滚出泳池。没有人帮我说话。吉姆没开口，因为他就是想看着我因为自己犯下的错误而受苦。凯茜没开口，因为她懦弱怕事，从来不敢当着全队的面发言。因为我们输掉了那场比赛，我成了全队最遭人恨的泳者，每个人都希望自己能像卢克那样扇我耳光。

我的精神状态既不像人也不像运动员，但吉姆依然坚持要我来训练。为了确保我再也不犯一样的错，他逼着我在练习蝶泳踢腿时用橡皮筋把双脚捆在一起。起初，被捆绑的感觉很反常，乃至诡异。我默默地忍受着，毫无趣味可言。我连在水里漂起来都很困难。

最终，几次训练过后，我的身体开始习惯了拥有尾巴而非双腿。双腿绑在一起的时候，我的蝶泳踢腿更快了，也更舒适了。追求解放和脱离是错误的。被拘束的时候我最为无拘无束，更为自由，更像我该有的样子。

我不想在训练后回到更衣室面对任何队友，而且我想每天至少有一次机会单独待在泳池里。我躲在后面的暗室里，瑟瑟发抖，全身湿冷，站在垃圾中间，等着吉姆关掉泳池的灯。所有人都回家之后，我就出来，再次跳进泳池，享受着寂静，以及清凉池水冲击着作痛的头部的感觉。我喜欢夜晚时分的泳池，那时氯水是深蓝色的，池面玻璃般光滑。我躺在泳道绳索上休息，背脊在由圆形浮标叠加而来的绳串上保持着平衡，盯着天花板，只有氯水陪着我。这些训练结束后的时光，独自一人在黑暗里，令我感到圣洁而庄严。虽然我不信上帝，不信宗教组织也不信耶稣，我还是幻想着自己在教堂，经历着独属于我一人的洗礼。我卧在泳道绳索上的时候会向游泳池之神和海神波塞冬祈祷，我的身体半浸在水中，我深深吸入环抱着我的氯水味，仿佛那是我在沙漠里干渴而死之前绿洲里的最后一滴水。我在黑暗寂静的泳池里静静地漂浮着，能待好几个小时，直到学校的保洁进来，大喊着要我快点离开回家。

在连续几天不吃午饭之后，凯茜发觉了我在因抑郁而挨饿。她告诉了吉姆，那时吉姆已经开始怀疑我没有好好吃饭了。由于没有定期摄入足够的热量，我的肌肉减少了很多，吉姆看得出来，因为他从我还是孩童开始就已经对我身体的每一寸肌肤了如指掌。吉姆已经因为我没完没了地哭而很不满了，现在我没有好好打理自己的身体，他更郁闷了。于是，在那次主场比赛之后一个星期，他叫我离开，没准备好提高泳速、努力训练的话就别再归队。

我又对母亲撒了谎，声称训练取消是因为泳池需要清理，这样她就不会问我为什么放学后会直接回家并反锁卧室门。我再一次骗了她，让她以为我是在学习，但实际上我只是躺在床上，凝视着对面墙上我亲手贴好的人鱼神龛，皮肤被粗糙的床单磋磨，渴望着能回到柔滑的水中。

我开始回避凯茜。我讨厌她的怜悯，也讨厌她的絮絮叨叨。午饭的时候，我没有和她一起坐在食堂里，而是独自缩在图书馆里，翻看我曾经最喜欢的几本书。它们都是我为了游泳而放弃的朋友。

~~~

在连续躲了凯茜四天后，她来图书馆找我了。

"嘿。"她径直走向我的书桌。当我瞥见她走进来的时候，我立刻低头盯着课本，假装没看见她，全身一动不动，生怕我只要动弹一下，她就会加快步伐。我暗骂自己为了读书更方便居然摘下了墨镜，还把墨镜放在了书包里。书包在我脚边，手臂够不到。我满是眼泪、眼圈泛红的双眼暴露在外。

"嘿。"我没有抬头，继续盯着面前的整数。我正在复习明天的微积分考试。

"还好吗？"她试探性地问。

我举起书，用手指敲了敲书名，把泪眼藏在书后面，希
~~~

望她能识相点。

凯茜却站得更近了，贴在书桌边缘。她穿着队服裤子，多余的棉布因为她倚靠木桌的动作而溢了出来。她把书的上沿推下去，我的脸露了出来。我认栽地把书扔到桌上。

“你还在哭吗？”

“你怎么猜到我在图书馆的？”我反问道。

“你当然在这儿了。你不是喜欢看书吗？而且午饭也能带进来吃。”

我没理她。

“你的脸色真他妈糟，”凯茜评价道，“你是不是没在用你和你妈都追捧的那个高级日本护肤霜？”她抬起一只手，像要摸摸我的脸。我挪到了她够不着的位置。

凯茜放下胳膊，手指也垂了下来：“你的皮肤看上去就像你和浣熊打了一架似的。你的眼睛也肿了，还充血。你看起来好累。你有没有睡过觉啊？”

我吸了吸鼻子，她伪装成调侃与刻薄话的温柔关怀让我烦躁不堪。我翻了一页，发出很大的声音，希望她能明白我现在忙着学习，没空和她聊天。

“拿着。我给你带了点东西。”她在肩上的帆布包里翻出一个塑料袋，倒过来，把里面的东西一股脑儿倒在我的书桌上。

我拿着书，猛地向后一缩，避开四处飞射的东西，脖子不小心磕在高高的椅子靠背上，令我五官一抽。我把教科书的书脊放在大腿上，标记好页码，眯着眼睛打量凯茜的那些小玩意儿。我看到了画着白兔和 Hello Kitty 的糖纸、印着巧克力味饼干棒的纸盒、覆盖雪花般点点糖霜的米饼。零食散落在我周围，就像铺开了一块裹尸布。

“你买了——百奇？”我难以置信地问。我本以为凯茜会拽着我的脚踝把我拖出图书馆，或者至少也会在我旁边耗着，直到我烦了把她赶走，但这些礼物是我始料未及的，而且我又确实很喜欢。我已经忘了要保持冷漠。

“惊喜吧！”凯茜开心地说。

“你从哪儿买的？你怎么知道该买什么？”我讶然问道。

“我求你妈妈和我一起去市中心的亚洲超市买的。她把你最喜欢的零食都指给我看了。我们俩玩得很开心！我跟她说这是给你的谢礼，因为你帮我复习生物考试来着，多亏有你，我考得很好。”凯茜眨了眨眼睛，拍拍手，然后把邻桌的空椅子拖到我桌前，坐在我正对面。椅腿刮着油毡地板，发出刺耳的声音，图书管理员在前台后抬头瞪了我们一眼。

“我尝了几种，”凯茜说着，把玩着零食，“我最喜欢这种中国水果软糖。”她拿起一块小小的糖果，包装纸亮闪闪的，上面画着一颗葡萄。

“那是日本的，”我纠正道，“日文的线条要更弯一些。”

凯茜明显高兴起来了——她完全没有为自己出错而感到羞愧，而且即使我的回应乏善可陈，也总比不开口强：“还有好多别的零食呢。我们应该一起去逛逛。肯定会好玩的。”

“不想去。”

“为什么？我们可以买点咱俩都没吃过的东西。”她提议道。

“还是算了吧。”我说。

凯茜没有回答，只是自顾自地拿起一块旺旺雪饼。她撕开塑料包装，开始舔米饼有糖霜的那一面。

“你还在因为被取消资格那件事难过吗？”凯茜一边舔一边说道，她伸着舌头，每个词的发音都扭曲了些许。

“你觉得呢？”

“壬，拜托了，我就跟你直说了吧：你必须向前看，把这事儿忘了。”她把米饼塞进嘴里，没嚼就吞了下去，“我们输掉比赛不是你的错。所有人都游得很糟，除了卢克之外，但他反正总是游得很好。”她伸手在空中挥了挥，像要把卢克那一如既往的、令人难以忍受的优秀表现从我们的对话里驱逐出去，“而且，大家早就忘了。没人会在更衣室里躲着你了。大家都在操心地区赛，谁都没空生你的气。”她保证道。

“哇，我谢谢你，我可真欣慰呢。”我阴阳怪气道。

“不客气。”凯茜笑了。我心软了。她是那么阳光，我一直都没法坚持对她摆冷脸。

“这次是我第一次参加地区赛呢，记得吗？我终于入选了。能和你一起参赛，我好兴奋啊。”她说，“我希望你也去。我需要你也去。我真的太紧张了。你来当我的地区赛向导，好吗？”

我哼了一声。

“回来训练好吗？”她伸手，掖了掖我耳边的一缕碎发。她的动作太快，我来不及再向后躲，“没有你在，咱们泳队都不一样了。”

我转开眼睛。她的举动、哀求和礼物都让我感到很温馨，这是我几天来从未有过的感觉。如果没有游泳，没有水，也没有她，那我又是什么呢？

我在零食里翻了翻，拿起一颗大白兔奶糖，这是我从小到大最喜欢的糖果之一。我拆开薄薄的蓝白相间的包装纸，把白色的长方形糖果放在舌尖。糯米纸化作一摊蜂蜜牛奶，涂满了我的味蕾。

“好吧。”我又哼了一声。糖分以及她的大度让我变得好说话了一点。

“好什么？”

“好吧，我会回来训练的。”我说。

~~~

我归队的时候，吉姆以边拥抱边拍屁股的方式欢迎了我。他还没有原谅我在主场比赛时被取消资格的事，但我们都知道，他得指望着我在地区赛中取得好成绩。我需要他。他需要我。在大学招生结束之前，我们俩谁都无法摆脱这种共生关系。

距离地区赛还有一周时间。我已经浪费了两周时间哭泣。我用眼泪的咸水交换了泳池的氯水。训练的时候，吉姆重启了为我绑住腿脚的计划。我们用他能从办公用品商店找到的最宽的重型橡胶圈，套住我的脚踝，再慢慢往上卷，勒
~~~

紧小腿和大腿，直到双腿被焊接在一起。我练了许久的流线型蝶泳踢腿，被绑住的双腿推着我以极高的效率穿过泳池。双腿被捆绑之后，我的踢腿变得极度有力，甚至能击败绝大部分可以自由挪动手脚的队友。每次训练结束，把腿上的橡胶圈从腿上褪下的时候，我的下半身都会涌现一阵痛苦的失落——在水中享受过畅通无阻之后，不受约束地行走在坚实大地上的感觉很不自然。回到更衣室，我小心翼翼地把橡胶圈在一加仑*大小的塑料袋里收好，再按摩双腿，以提醒血液是时候流动起来了。我揉捏皮肤上留下的红色压痕，看着就像鞭痕一样。

吉姆向我确认，哈佛的招生官还有几个其他学校的招生官都会来地区赛观察我们的表现。观察我的表现。吉姆提醒道，招生官就算出席了比赛，也不能保证他们就一定会录取我们。在别的地方，在不同的地区赛场，在宾夕法尼亚州南部、东部、北部，在隔壁的俄亥俄州，在美国的另一边，总有其他可以录用的游泳运动员。想要取代我们太容易了。我们不是卢克那样排名前 0.01% 的天才，能荣幸地被提前录取。对于我们来说，这是我们对评判人展现实力的唯一机会。压力几乎灭顶，每次训练前后，所有人都在更衣室里焦虑地讨论着哪些招生官会看上他们。但我很平静。我保持精力集中。我不想被更衣室里的八卦打扰。我的头依然会偶尔抽痛，腿也时时威胁着要罢工，但我依然在焦躁不安的队友面前保持

---

*　1 加仑（美）约合 3.79 升。

了超然。我这一生所承受的压力已经远远超过了他们理解范畴里的任何东西。现在多加一份压力我也受得住。虽然我浪费了两周训练时间来哀叹自己的失败，但我已经准备好了。从一开始，我就准备好了。

~~~

生活失去了全部的乐趣。西蓝花、糙米饭、鸡胸肉、作业、游泳训练、焦虑不安的睡眠。课堂上，我不再专心听讲，而是想象着胜利。不是比赛——吉姆曾经警告过我们，想象比赛的模样会导致我们在比赛当天因焦虑而崩溃。最好把注意力放在目的地上，而不是旅途本身。

我幻想着金牌挂在我脖子上的重量和它撞击胸骨的闷响；我幻想着凯茜站在我的泳道尽头为我加油；我幻想着招生官对我发出的惊叹，吉姆饱含深情的骄傲，我的家长——父和母——在信箱里看到货真价实的大学录取书时的喜悦。

我的大脑再也无法接受任何一种不包含我成功提高泳速、赢得第一名的未来。

随着地区赛逼近，吉姆表示，我们要想取得好成绩，就必须回到起点。他逼着我们从头开始复习基础，技术练习、跳水练习、翻转练习、旱地练习。他说，如果我们重新回顾和掌握基础动作，就能在真正的比赛里所向披靡。“如果……就……”这样的句型写尽了运动员的一生：如果我花大量时间训练，我就能在比赛中提高成绩；如果我放弃一切世俗的
~~~

快乐——食物、性爱、熬夜——我就能在板上钉钉的最好成绩中找到快乐；如果我想在地区赛大获成功，就要回到起点；如果我想赢，就要走得比所有人都更远。

我需要回到最初的起点。回到我开始游泳的初衷。

我回忆起了当初我为什么会求母亲送我去参加选拔赛——因为那本人鱼神话书。每天晚上训练结束回到家，我都凝视着多年前我贴在卧室墙上的人鱼故事和图画，都是我从我最爱的那本书上撕下来的。文字和颜色都已经随着时光流逝而褪色，纸张却依然一尘不染，完好无损。

我的指尖划过那些建构出奇幻人鱼世界的字句和面容。化作空气和光的小美人鱼、穿着彩虹铠甲的人鱼、那对水蛇女孩——这些神秘生物毫不费力地从书页里游出，重新回到我的显意识中。人鱼是美丽的，我不也是美丽的吗？我不也一样诱人、一样是水中的生物吗？我不像书中的人鱼那样生活在盐水里，而是生活在氯水里。或许我能自命第一：第一条在泳池里取得第一名的氯水人鱼。多合适。我一直都是第一。我的传说就此盖棺论定——我的故事将在人类之间千古流传，他们在篝火旁围坐时窃语我的名字，敬畏混杂着恐惧。我将被载入体育史册与民间传说集，或许到了未来，我的故事还能激励像我一样的年轻女孩也完成飞升。有一天晚上，橡胶圈的痕迹在我腿上清晰可见，我眼下满是青黑褶皱。我突然了悟，人鱼永远不会跟我这样一个连在她最擅长的游泳项目里都无法保持双腿合拢的女孩一样，因为双腿分离而被取消参赛资格。如果人鱼——最优秀的泳者——都有鱼尾而不是双腿，那氯水人鱼不也一样应该长着鱼尾吗？我疯狂地构思着该怎么实现这个目标。该怎么去成为她。

我意识到，我必须强迫自己的身体吃苦。这是吉姆最喜欢的格言之一。

我想到了母亲书桌抽屉里的针线包。我回忆着母亲为我修补衣服、修改裤脚，以及缝制新桌布时那坚忍的针脚。

严丝合缝，我的腿也该是这样的。

我问母亲能不能教我缝纫。她答应了，因为我们已经很久没有一起做过什么事了。她的丈夫在中国，女儿在泳池——她很孤独。我们在《重庆森林》的背景音里练习着缝纫。王菲在快餐店的油炸锅旁边忙忙碌碌，我潦草地缝缝补补。最开始，我都没法缝出一条直线，针脚间距也太大。我的手因疲惫而颤抖，眼睛也因为长久眯着而疼痛。我拆下来重做的针脚比缝上去的还要多。但我学得很快，也很自律，坚信只要重复练习就可以做到完美——这种心态是靠着在游泳池里无休无止地绕圈学会的。

很快，我就能缝密实的针脚了。我练手的材料从棉衬衫换成了牛仔布，用的都是我淘汰后塞进衣柜深处的、二手店淘来的旧衣，然后又换成了雪纺和天鹅绒。布料越滑溜，就越难缝得好。

我为自己的神速进步而兴奋不已，开始研究医疗缝针，也就是我缝纫之路的进阶。最终我选择了肠道手术使用的锁线缝合，即针要穿过前一针的线环。这种缝合方式能使整个缝合过程张力相等，比简单的快速缝合更牢固。

我不再在客厅练习，而是转移到了卧室里，锁着门。母亲很失望我这么快就离开了她，但我的缝纫工作必须绝对保密。我缝啊缝啊，缝了又缝。我练习，练习，再练习。我放弃了睡眠。

每当我的眼皮开始发沉的时候，我就会大喊“Go! Go! Go! 加油加油加油！ Add oil! Add oil! Add oil!”，英文、中文和中式英文在脑海中互相掺杂着回荡，我自己的声音渐渐化作吉姆那沙沙的男中音，正是这种音调的骤变迫使我睁大眼睛，手指攥紧针，继续让尖尖的银针头在布料里穿梭。只要我需要操纵身体去做某件事，我就用吉姆的声音给自己下命令，效果显著。

缝纫从未让我疼过。作为额外预防措施的一环，每晚开始缝纫练习之前，我都会多吃一片布洛芬，但我颅中的疼痛比身体的任何疼痛都更强烈。松散的线头铺满了我卧室的地板，就像一张磨损脱线的地毯。我并不怕母亲会发现，因为我早就要求过她不要再进我的房间，这样我就可以专心学习，她立刻同意了，因为她害怕做出任何导致我拿不到 A+ 的事。在她的幻想中，梦中情校的毕业证书已经裱框挂在我们家那并不存在的壁炉顶上。

当我的手因为长久握针而开始抽痛时，我会停下来稍事休息，用这段时间对着墙上人鱼的传说和插画顶礼膜拜，跪在高高挂起的书页下面，把额头贴在地面上，泪水在颧骨下聚成一摊。我祈求人鱼神明指引我的路。我哀求女娲用她雕出人类的魔法为我也雕一条美丽的鱼尾。我恳求爱丽儿免除我受到她曾受到的诅咒，不要一踏上陆地就感到刀割般的疼痛。我重读了那个帕萨马科迪寓言很多遍，直到我能一字不差地把它背出来，针尖向前寸寸推动时，我就悄声念诵着里面的每一句话。我渴望自己也能经历那对水蛇女孩的冒险。她们整天都在户外嬉水畅游。她们放荡不羁，像女巫一样，喜欢追寻古怪和禁忌，摒弃了愚蠢的俗世矛盾。我祈求着自己也能得到一份她们俩那样的感情。

最终，可能是我祈祷的愿力太强烈了，那本人鱼书的书页也逐渐枯萎。纸张开始起皱，从墙上剥落。我把掉落在地的纸张团成球塞进嘴里，咀嚼着，用两腮含着潮湿的碎纸片。直至它们几乎被唾液溶解殆尽时，我再把故事的残渣彻底吞下去，享受着一团烂糊从喉咙滑下的感觉。墨画的鱼尾冲击着我的胃肠，胃咕噜噜地叫起来，我也随之摇摆。

这就是我个人版本的赛前意面派对，我提前兴办的庆功宴，我对少女时代解体的消化。我服食的其他人鱼滋养着我自己的那一条，她很快就要破壳而出了。

第十四章

大型游泳比赛到来之前的时光总是气氛紧张，一触即发，令人既兴奋又疲惫。我们比以往更爱打闹，用拳头互相捶打，借此释放压力，但那份能量其实只会从一个人的拳头传导至另一个人的肱二头肌，像飓风路径图一样在队里内部循环。我们浑身上下萦绕着赛前激灵灵的电流，因缺乏乳酸而飘飘欲仙，又用一周的休息时间继续排酸。为了防止乳酸残留，我们躺在地板上，双腿贴墙举高，希望乳酸能沿着重力的方向顺着肌肉流下来，从毛孔中排出。我们想确保自己纯洁干净。

赛前那天，紧张气氛达到了巅峰。我们在训练的时候做得并不多：几次跳水记录以测试反应速度，半池冲刺以提醒肌肉要加快发力。然而，吉姆朝我们扔的椅子比平时还多，队长喊话激励我们的时候带来的不是鼓舞而是沮丧。吉姆终于准予我们离开了，他严厉地嘱咐我们一定要注意睡眠，控制待会儿在意面派对的进食量。随后我们分成男女两组，聚在各自的更衣室里，举行比赛前夜的仪式。

我每年都期待着赛前仪式。我爱那些激动人心的演讲，剃毛时皮肤上过电般的感受，更衣室淋浴里氤氲的热烫水蒸气，以及近在咫尺的其他女孩的裸体。

我们浑身透湿，盘腿坐在公共浴室的瓷砖地板上，淋浴花洒宛如神殿里的圣像般悬挂在头顶。这里是更衣室里唯一一个能容纳全队所有女孩围坐成一圈的地方。艾丽、米娅、凯茜，所有其他的队友，我们是一体。赛前演讲和剃毛派对的时候，我们都是集体的一分子，比自身更重要。我们是团队。按照顺时针方向，每个人都要轮流朗诵自己喜欢的励志话语，鼓舞士气，激励大家明天奋力拼搏。

凯茜背诵了埃米纳姆的《迷失自我》歌词，特别摘选了提到妈妈做的意大利面那段，因为我们正准备要在接下来的意面派对上吃妈妈们做的意大利面。她把结尾改编成了一句和游泳有关的振奋歌词：最快的读秒，比赛就要来到，纪录要赶超，呜嗷！她在自习课上兴致勃勃地让我帮她练习，每唱完一小节就睁大眼睛问我她的节拍准不准。在我听来，她的演讲十分庸俗，毫无创意，因为《迷失自我》堪称每位泳者的大众励志金曲。但她的热情在我看来十分可爱，尤其因为这是她第一次入选地区赛，我不愿给她泼冷水。

我曾经犹豫过要不要中规中矩地背诵迈克尔·乔丹的语录，那句经典的，在我的职业生涯中，我曾有 9 000 多次投篮没投进，输过快 300 场比赛，有 26 次被队友托付投出制胜球却最终失手。我的人生中充满着一次又一次的失败。而这就是我成功的原因。我喜欢乔丹的演讲，因为它让我想起了我自己遭遇的许多失败——被取消资格、脑震荡、“真心话大冒险”游戏、嗑药嗑得头脑发昏的那个夏天——正是这些创伤帮助我成功地变成人鱼。但凯茜提醒我说，艾丽去年已经用过这句话了，当时女孩们全部沸腾起来，手掌疯狂地拍着地砖，滚雷般的响声在广阔深洞般的淋浴间回荡。我可不能复制艾丽的表演——我比她强多了，更聪明，游得也更好，所以我必须想出一段更符合我的标准的发言。

昨天夜里凌晨 3 点，我在缝纫的时候，突然来了灵感。我立刻跪在人鱼神龛前磕头，拜谢她们以神圣灵光点化了我。

我不肯告诉凯茜我准备讲什么。她在自习课上不达目的不罢休地向我催促与打听，我统统无视了。我要说的话必须是个惊喜，否则效果就会变得很平淡。我能觉察得到，她在替我捏着一把汗——她生怕我会讲什么中国谚语，或者朗诵什么诗集里的中世纪民谣，遭到队友的取笑，因此想提前帮我把关。或许，如果我没有安排缝线行动的话，我是会向她坦白演讲内容的，或者当着她的聪耳明目先练一遍。但我现在知道，我很快就要拥有鱼尾了，所以我不再关心队友们还会不会拿我当笑柄。无关紧要的凡人，渺小的思想，他们根本无法想象我的精神世界有多么广袤。

我坚持要最后一个说，把气氛推向高潮。因为我游得快，所以她们都同意了。我的演讲是如此精彩绝伦——太宏大庄严，却只能屈就在这个破旧的瓷砖更衣室里；也太前卫深远，却对牛弹琴地说给一群血管里流淌着胆怯的俗人。她们紧张地竖着耳朵。我开口，娓娓讲起野心与责任、黑暗与光明之间的挣扎：

是野心让我们融为一体。没有个体能承载这份野心。哦，上帝啊，我们被限制在果壳之中，却仍自诩无限宇宙之王。我们的梦即是野心，因为野心的本质即是梦的影子。我们做着第一个碰到池壁的梦，破纪录的梦，游出自己最佳成绩的梦。我们葆有的野心如此空灵轻盈，如此深邃静谧，我们将潜入水中，君临天下，无所不能。

我坐回到地上，满怀期待地望向她们，但是我既没有听见掌声，也没有雷鸣般拍击地面的助威。一片寂静。凯茜用指甲敲了敲地砖，怯怯地表示支持，声音不像激情欢呼，更像小虫窸窸窣窣乱爬。

“开始剃毛吧。”米娅宣布道，打破了尴尬的沉默。她抓起泳队家长协会买来的崭新刮刀和剃毛膏，开始给大家发放。其他人两两结对。

“哇。应该算讲得好吧，我觉得。”我的剃毛搭档凯茜对我说。我们不需要彼此多问，双方都默认会一起搭档。

我叹了口气：“没人听懂。我改编了一段罗森格兰兹和哈姆雷特的对话，本来是要激发斗志的。我喜欢‘我们被限制在果壳之中，却仍自诩无限宇宙之王’——这句话充满希望。意思就好像说，我被限制着，但我却能把自己看成是无限的。”我没有和她细说我究竟准备怎么变得“无限”。

我翻了翻米娅丢在我们旁边那堆剃毛工具，拿起剃毛膏。我在掌心里挤出一缕膏体，双掌搓到起泡，在双腿涂满柔软的白色泡沫。

“莎士比亚？”凯茜问。

“对。”我说。我因聚精会神而蹙眉，刮刀在小腿掠过。刮到胫骨的时候需要格外小心，那里皮包骨头，没有那么多肌肉和脂肪来保护它不受刮刀伤害。

“结局好吗？”

“《哈姆雷特》？”我难以置信地问道。我急于对凯茜解释一番，因为实在难得抓住一个能反过来教教她文化典故的机会，不管这个典故有多过时。她的问题和问问题的方式却让我犹豫了一下。“可能吧。取决于你怎么定义好结局了。”

为了剃毛，我们打开了淋浴花洒。水蒸气从瓷砖上升腾起来，为我们披上半透明的浴袍。水噼里啪啦地打在瓷砖上，宛如一场突如其来的暴雨，雨点如冰雹坠地般冲破云层。我们全身上下都涂满了剃毛膏，穿着重重叠叠的泡沫铠甲，刮刀先划过腿，然后脚面、手臂、手背，每根手指仔细刮干净，然后是腋下、阴部。最后才是后背，由搭档帮忙刮。大部分人背上的毛发是肉眼不可见的，但看不见不代表不存在——背毛只是隐藏起来了，哪怕只有一丝一毫也要刮掉，连同去年刮过毛之后重新积起来的死皮一起。我们在剃毛派对时不会害羞。这项仪式抚平了肌肉的疙瘩。我们需要为新细胞让位，让肌肤像鲨鱼皮一样滑溜，做好准备在氯水池中分涛破浪。我们把刮刀头浸在倒置的、灌满水的剃毛膏盖子里，水面上漂浮着掉落的碎发和残余的泡沫。每划一下，我们就倒一次脏水，换成干净的洗澡水——一英寸的腿毛就能把刀片堵塞到无法使用的地步。毕竟已经好几个月没有刮过了。我们连一平方毫米的皮肤都没放过。对于这项以毫秒为计量单位的运动来说，精确度至关重要。

不过，我们放松了一点标准：虽然吉姆坚持说用剃毛膏会影响剃毛效果，但是干刮实在是太疼了。如果保护不好自己，尖锐的刀片就会割出血。目标不是流血，而是胜利——虽然吉姆强调它们是一回事。

“准备好了吗？”我问。她先给我剃，这是我们俩一贯的排序。

虽然淋浴里仍然热气蒸腾，没了体毛的遮蔽，凯茜还是瑟瑟发抖起来。

“好了。”她说。

我把手臂从泳装肩带下脱出来，把泳装褪到小腹的位置。即便隔着水雾，我的腹肌线条也清晰可辨。我坐在地砖上，膝盖抱在胸前，被压扁的胸部藏在腿后面。凯茜拿着那罐刮毛膏，在我背上画了两个倒U形，然后是一个倒三角，连成爱心的形状。然后，她的手贴在我脊柱上，把爱心抹开，变成长方形。

她安静地动作着。我装作她是一名艺术家，手持画笔，以肌肤为画布，一笔笔勾勒女性身体的细腻线条，而我则是她的缪斯。她手中的刮刀从上到下、从左到右地划动——剃毛最有效的方式是逆着毛流刮，而由于背毛总是无序地野蛮生长，刮刀也必须随之乱舞。这个进程缓慢而亲密，背部暴露在队友手中的刀片之下。其他女孩，不游泳的女孩，也像我们一样挤在一起剃毛吗？

刮刀每划一道，我就哆嗦一下。

“我到死也受不了这种感觉。”我说。

“真的吗？我超爱。”她说。

在我的余光中，凯茜把刮刀头在盖子里蘸了蘸，那里漂着我掉下来的背毛。这些碎屑令我想起我和埃斯曾经共享过的户外泳池，水面上漂着树枝和虫尸。

“感觉就像你在我背上打了一个冰凉的鸡蛋。”我说。

“很特别的感觉，而且我也喜欢这样。我是说刮毛。”凯茜说。

我把头前倾靠在环抱双腿的小臂上：“明天是你第一次参加地区赛——紧张吗？准备好你的 100 码蛙泳了吗？”

“是的。”凯茜说。

“是你紧张，还是你准备好了？”我问。

“两者都有吧，我觉得。”凯茜说着，在我背上又划出一个长方形。

“你整个赛季都在刻苦训练。你肯定游得好。”

“我游得不好也没关系。游泳对我而言没有对你那么重要。”

我把头埋在纠缠的小臂中间，在我制造出来保护自己的茧中犹豫了一下，好像我即将对她坦白某个隐藏多年的惊天秘密。

“真幸运啊。我一直希望我能更像你一样。”我承认道。

她嗤之以鼻：“你什么意思？”

“无意冒犯，但你不是出类拔萃的泳者，也不用惦记着把游泳当作考大学和出人头地的唯一途径——而我只能这么做。”

她没有说话。我的肺部一阵紧缩，水蒸气堵住了我的气管。队友们的嬉笑和水滴敲打瓷砖的声音在我耳道里回荡，宛如恶魔的低语。我把两只手掌贴在地面上，想寻找某个锚点。我把头从双臂间抽了出来，大口喘息，迫切地想要摄入新鲜空气，憋在体内的压力像打开了气阀一样喷薄而出。

“凯茜，我好紧张。我觉得我要窒息了。我觉得我这一整年都处于崩溃状态。就好像我的身体是坏掉的机器，怎么修也修不好。我无时无刻不在想着搞砸了该怎么办，没拿第一名怎么办，游得更慢了怎么办。你听说了吗？哈佛的招生官明天也要来。吉姆焦虑死了。他说明天的比赛是我被哈佛录取的最好机会。我都没跟家长说。没必要让他们为了一件我可能要搞砸的事情白白激动。”

她不置可否地哼了一声：“你一定会表现出色的。你取得成功之后再给他们一个惊喜呗。”

我被她言语的简短贫瘠惊呆了。我是得罪她了吗？可能她不愿认同我以游泳天赋来区分自己人和外人的说法，但这种区分一直是我们泳队阶级结构的基础。

我拧过身子，直视凯茜。突然挪动的后背和脖颈令她手中的刮刀不得不在泡沫里划出一道之字形，破坏了她有条不紊的几何图案。

“嘿！你小心点。我差点把你划伤了。”她烦躁起来，往后一坐，把刮刀头朝下丢进水里，表示我转身之前她不会再继续了。

“听着，你别跟别人讲，我明天要做一件事，来确保我能游出最好的成绩，惊艳招生官。从来没有人这么做过，裁判手册里也没写，我查过了。没有任何一个官员能再取消我的参赛资格了。”我龇牙，嘴唇向后缩，心跳到了嗓子眼。我精雕细刻的野心，由缝线、人鱼和波光粼粼的水织就，随时都有可能从我体内迸发出来。我瞪大眼睛，试图用目光传达我明天的计划。我好希望凯茜能听懂。我希望她能明白我要去哪儿，成为谁，成为什么。

成为……其实，抛却外形不论的话，我已经是了。

水蒸气在我嘴边汇聚成泡泡，我的胸膛上下起伏。

“你确定吗？”凯茜试图理解我的意图，脸因为集中精力而缩在一起。她眉宇间的皱纹那么深，发际线流下的水珠全都摇摇欲坠地聚在那里，没有往下流。“怎么说呢，他们确实没给咱们做过药检。但万一那玩意儿伤身体怎么办？别忘了那些关于丰胸的传言。”她说道，双臂抱在胸前。

凯茜以为我指的是某种能提高成绩的药物。据传闻，我们学校摔跤队的一些人一直在吃类固醇。罗布警告大家说，如果吃了类固醇，相应的锻炼却没跟上，胸肌就会下垂增脂，变得像真正的乳房一样。凯茜和我的乳房早就被紧身氨纶纤维泳衣压扁了，所以我们开玩笑说，等退役之后闲下来了，我们也试试吃点类固醇，把错失发育的罩杯长回来。

我的心脏本来在狂跳，被终于得以宣泄压力、全盘托出的快感刺激着，此刻又因失望而变得黏滞迟缓。我懒得对她解释。凯茜从来就没有真正理解过我。她一直无知无觉，误读着我的一切暗示。

“别傻了。没有毒的。会疼，但要是不用，你百分之百会错过机会，什么什么的，受苦是可以避免的，感到痛苦代表软弱正在离开身体，之类之类的。”我说着，对她眨了眨眼，她笑出了声。我在拿之前的队服T恤开玩笑，背后总用扎眼的橙色字体印着标语，比如“感到痛苦代表软弱正在离开身体”，以及“受苦是可以避免的，但荣耀是永恒的”。但再怎么说这两句话都比今年的强：“所以你说我也有机会？”这句话取自《阿呆与阿瓜》电影里的一幕，金·凯瑞的角色坚持认为，即使概率只有百万分之一，那也代表着他还是有机会和一个一再拒绝他追求的女孩在一起。这是吉姆教练的经典笑话之一。家长们都懂了，但我们不懂。我们年纪太小，没看过这部电影，也不理解用性骚扰开玩笑有什么可笑的。

我转过身冲着更衣室的墙壁，背对着她。这次的失败交流让我的理智逐渐回归正轨，五感清明起来。

“听着，我已经把需要的东西都准备好了。别跟别人说，好吧？我想告诉你，因为你是我在队里最好的朋友。而且告诉别人这件事之后，我感觉更有真实感。”我说道，手指蜷缩在小腿上。

凯茜又把刮刀贴到了我的背上，描摹着背阔肌的凹陷。“我不会说的。”凯茜保证道，以画家刮净一张残次油画的手法刮去我背后的白色泡沫。

~~~

令凯茜恼火的是，我没有参加泳队聚餐。剃毛派对结束后，我直接回家了，一根毛发都不剩下的身体打着冷战。我抽搐的肌肉和鸡皮疙瘩都在踊跃地证明地区赛近在咫尺。我搞砸了《哈姆雷特》演讲，但我不在乎。我是我自己无限宇宙的女王。

我戴上耳机，深呼吸八次，开始准备举行我的个人赛前仪式。我八岁时就学会了八段锦呼吸法，一直沿用至今。“八”在中国文化里是幸运数字。冥想令我舒缓，帮我找到了主心骨，让我焦虑的思绪平静下来，并且确保我不会忘带什么重要的东西去比赛，比如泳镜和泳衣。

王菲的《沉醉》在耳机里回荡。我在走廊的衣柜里翻了翻，找出两条毛巾：蓬松的浴巾用来擦干身体，长长的沙滩毛巾铺在椅子上当坐垫。我把它们折起来，塞进帆布包里垫底。我把叠好的泳队热身外套放在毛巾上，在这堆布料上拍了八下。我把竞赛泳装——我的游泳包里最精致、最重要也最贵的东西——夹在毛巾和外套中间，给予它层层保护。然后我把头部的装甲——泳帽、泳镜、快吃完的布洛芬——裹进外套袖子里，把两只袖子像恋人相拥般缠在一起。我抚摸了这堆行李八次。

我的耳机是金色的，和泳队的代表色一样，我把耳机放进帆布包的前口袋。刮刀在左侧口袋，以防万一有应急剃毛的需求。我按顺时针在两个口袋上揉了八圈。
~~~

然而，在那决定命运的十一年级地区赛前夜，我的仪式流程有了一项变化。在装好耳机和刮刀之后，我又打开右侧口袋，把母亲的“十八子作”牌菜刀轻轻放了进去。菜刀比她的切肉刀更薄，因为它是用来做精细活儿的——还有什么能比我即将成型的鱼尾更需要精心的照料呢？

菜刀旁边是我从厨房橱柜里偷来的金属小茶叶盒，盒子里装着五片布洛芬、一卷黑色的线，以及我的针。盒里依然萦绕着茉莉绿茶的气息。我希望缝线能把茶香都吸收进去，这样我身上也会有茶香了，和氯水味交融在一起。我拉上右边口袋拉链之后，在上面拍了八下。我把帆布包放在通往车库的门口。

我在母亲的脸颊两边各吻了八下，道了晚安。

我上楼去卧室，在最上面的台阶上跳了八次，脚步声响亮。

我脱掉衣服。

我在卧室墙上的人鱼神龛前跪了下来，那里只剩下零星几页纸了，它们能逃掉被我吞食的命运，完全是因为上面的旧胶带和大头针足够坚固。我用前额触地八次。我对人鱼神祇拜谢八次，感恩他们的祝福。

我钻进被窝。

我想象着：金牌，招生官的认可，吉姆的荣耀，父母的雀跃，凯茜的骄傲，我的双腿，我的蜕变，我的鱼尾。

我面带微笑睡去。这是我几周来第一个能够真正休息的夜晚。

第十五章

我双腿叉开，坐在左排第二个单人淋浴间的地上。我去过太多次大学的游泳池，早就摸清了哪个淋浴花洒的水压最强。有一次，艾丽和米娅为了抢夺我现在所坐的淋浴间打了起来，米娅滑了一跤，头磕在了地上。她被诊断为轻微脑震荡，我嘱咐她一定要听医生的话，否则——这句谏言从我舌尖滑落的时候，我的头也抽痛了一下，像在表示同意。

今天，我的头感到平静、幸福、万事就绪。

我的淋浴间足够安静，让我能够集中精力完成眼前的任务。我听得到更衣室里其他几个女孩的声音，有的在包里窸窸窣窣地翻找，有的在冲马桶，还有人坐在长椅上对队友哭诉自己糟糕的比赛。哭泣的运动员在这种高压游泳比赛中是司空见惯的事，悲伤只是朦朦胧胧地化作了背景板的一部分。虽然外面比赛的喧嚣被淋浴间的门板隔断了，我依然能分辨出偶尔飘来的教练哨声与宣布比赛开始的喇叭低鸣，提醒着我在变身后该去向何方。

我把淋浴的水温调到最高。又强又密的水流打在我身上，发出闷响。从物理意义上说，如果我的皮肤和周围的环境都保持干燥，我能更快地实现目标，但营造出人鱼居住的水生环境将会帮我更轻易地完成精神上的升华。游泳告诉我，只有在精神和肉体齐心协力的时候，才能取得最佳的成果。

刀子、针、药片和缝线都放在我的大腿间。我把金属茶叶盒和浴巾都丢在了淋浴间外面。我把所有药片倒出来一口含住，用嘴接水帮助吞咽。我仔细观察着闪闪发光的针尖。我拾起缝线，递到鼻端：无味。缝线没有吸收茶香，我很失望，但也没有气馁。我将黑色的线穿过针眼，没有停顿也没有失误。这个动作我已经练了很多个夜晚。

我很平静。多年的游泳生涯让我学会了如何在磅礴的期望与逆境面前保持镇定。我的手很稳。痛苦并不来自缝合双腿。痛苦来自吉姆的 8×200 码蝶泳渐次加速惩罚加练，来自被取消比赛资格，来自脑震荡，来自输掉。

来自继续做人。

我已经穿上了竞赛泳装，那是热身之前凯茜帮我穿上的。把带子绕过肩膀花了几乎十分钟时间，凯茜注意到我的泳衣太小了，便试探性地问我需不需要她帮忙在比赛前把泳衣撑大一点。我对她发火了。你是傻 X 吗？关你什么事？我特意买了比平时的尺码更小的泳衣，这样就能穿得久一点，因为我怀疑在比赛后去和我的人鱼家庭团聚之前，我没有时间换衣服了。母亲同意给我买小一号的衣服，不是因为她知道我打算要离开，而是因为衣服反正都会撑大的，那时候我还能接着穿，不用花钱买新的。

我看到凯茜嘴唇颤抖、仿佛要哭出来时，我就后悔了。我本来希望她在自己的第一次地区赛上玩得开心的，我恨自己让她难过了。我希望凯茜看到我的鱼尾时就能原谅我了——人鱼和神话远比女友更容易得到谅解。

我坐在地上、向前弯下身的时候，鲨鱼皮 LZR 竞赛泳装的肩带陷进了我的肩膀里。如果我掀起带子，就能看到永久性的凹痕。我戳了戳大腿裤管溢出来的脂肪、皮肤和肌肉。我没有别的选择，只能扎穿泳衣仿鲨鱼皮的尼龙材料。我会破坏衣服的压缩效果，但反正相比任何泳衣，我的鱼尾都能帮我游得更快。我会变成第一条穿着鲨鱼皮 LZR 上衣而不是贝壳比基尼的人鱼——这在水里更实用。

抱歉把泳衣弄坏了，妈妈，我心想。我不禁咯咯地笑出了声，洗澡水落在我嘴里。我呛了一下。我把水吐出来，连着唾液一起。

我开始了。

靠近大腿内侧顶端的地方，我用左手的食指和拇指捏起一厘米长的血肉，手指伸展成 L 形，拉平皮肤，为刀子开辟一条平顺的路。这样拉伸后，皮肤就不像皮肤了，而是像平静的池水，等待跳水的人溅起涟漪，打碎光滑的表面。

我用右手握刀，刀刃对准拉平的皮肤。

我划了一刀。

我的五官抽搐了一下，与其说是真实的反应不如说是表演，因为完全没有痛感。我麻木了。

我的皮肤像皲裂的大地般绽开，猩红的峡谷，尺余高的罂粟花从中迸射而出，随着我心跳的节奏而轻轻搏动。深红的花瓣从被雕琢的大腿上溢出。罂粟在重力的作用下化作河水，侵蚀我的皮肤，顺流而下。血流在淋浴间地面的积水里打着旋子，稀释的粉色花朵怒放成一整个花园。我很庆幸自己一直开着花洒，冲走了血迹，这样我才能看清我雕刻的成品。但铁锈般的血腥味依然挥之不去，和更衣室的汗臭、霉味，以及之前在这个淋浴间洗过澡的无数名泳者身上淡淡的氯水味混在一起。

我故意把刀刃斜斜地推进去，雕出一块皮瓣，而不是一个直上直下的切口。我把皮瓣翻开，仔细观察切口里面。我在想，这里面的东西是否就是吉姆在我们拉伸的时候经常提到的所谓筋膜——重要的结缔组织网络，能保持肌肉柔软松弛。

我丢下刀，拾起针，用它扎穿皮瓣，轻松得就像母亲切开从市中心亚洲超市买回来的海绵蛋糕。人类的皮肤微不足道。仅是一层脆弱的虚假护甲。如此之轻，如此之薄。

我轻轻将皮瓣拖到另一条大腿上，引针穿线，刺透肌肉，打了个结，开始缝第一针。我又捡起刀，切出第二块皮瓣，温热的血喷涌而出，顷刻又旋转着滑入下水道。我把针穿过新的皮瓣，再次拖到另一条大腿上。

我凝视着自己的双手，它们飞针走线，机械地移动着。我是第三人，旁观者。我是站在场边的队友。

切，扎，拖，切，扎，拖。

左腿，右腿，左腿，右腿。

我有条不紊地顺着大腿缝了下去，宛如它们只是又一张生物考试多选题填涂卡，考题都很简单。热水的蒸汽开始升腾，遮蔽了我的视线。我开始一次次地出错，不小心把针扎进手指和腿上错误的位置，小小的红宝石般的血珠汇入罂粟丛中。我在空中挥了挥手，驱散湿热的云雾，红宝石也跟着飞洒，浴室墙上溅满深红的斑点。

我继续沿着腿向下，留下一条人鱼尾，尽管此时我的手已经因为持续进行精细的工作而开始疲惫发抖，针尾也因为被我捏得太紧而嵌入指肚。于事无补的是，随着我动作的下移，胫骨和皮肤之间的空隙越来越小。有好几次，我扎得太深，针刮骨的震动顺着手臂向上传导。很痛。犹如海胆把我的小腿上下都扎得体无完肤，锐利剧痛在内部神经网络奔射，上至左胸，又流至指尖。

我发着抖。停顿了一下。扇了自己一耳光，留下朦朦胧胧的红痕。逼着自己继续。提醒自己，在启程踏上这段旅途之前，已经嗑过了止痛药。除了对荣耀的垂涎之外，我怎么胆敢感受到任何其他的东西?

黑线收紧了。我的双腿紧闭，交叉的针脚越发像叠合的钻石。我的鱼鳞，我的人鱼尾，一寸一寸地浮现。我长长的黑色头发从发髻中垂落，丝丝缕缕顺着脸颊和后背散开。我无法再分辨头发和缝线的区别。同样的颜色，同样的粗细。我的鱼鳞是用我自己的肉身做成的。

针抵达脚踝的时候，我停了下来。我打了一个整齐的结，确保针脚不会脱落。我的上半身用力向下弯曲，用牙齿咬断多余的线头。

我向后靠，双手撑着地面，欣赏着自己的针线活。我知道，我的鳞片由血肉和丝线化成，如此精美复杂，足以让书中我憧憬过的任何一条人鱼赞不绝口。

我把染血的针、刀与几乎空了的线轴留在了淋浴间。我准备比赛结束后再回来取——我继承了母亲从不浪费的习惯，塑料袋晾干再用，厨余也利用起来，没有理由去浪费她的缝纫材料。我没有关花洒，希望水能把线轴和地上的血都冲干净。我不想给保洁人员添麻烦。

我抓住隔间门板，把自己拉起来。我蹦跳着，尝试找到平衡。我的鱼尾欢快地跳动着。我曾经拥有的那两根棍子，两条微贱的人腿，终于消失了。十几年来，我是如何在那两根迟钝的凡人的枝杈上保持平衡的？我怀疑，如果我有朝一日再长出双脚，我也会每踏一步都如履刀尖。

我从淋浴间挪了出来，移向更衣室的门，那里通向泳池。我的鱼尾随着起伏的动作而闪闪发光。它现身之后，我在陆地上很笨拙，但我并不介意。为了它，笨拙的蹦跳也是值得的。只要我跃入水中，就会立刻变得优雅自如。

游泳比赛的喧闹再度响起。

看台上家长的欢呼。

教练的哨声。

所有运动员，各就各位。

我戴上泳帽。整个游泳体育馆都在轰鸣，在经历了更衣室的黑暗之后，这里炫目的亮光令人迷失。我听到了抽气的声音。我看到渺小的人类从我眼前跑开，为我清出一条前进的道路，仿佛平民迎接天潢贵胄的到来。

我嗅着空气，寻找氯水的味道——我已经那么近了。

几场无关紧要的比赛。

从起跳台上起跳。

然后我就能回家了，回到水里，那个属于我的地方。

第十六章　凯茜

亲爱的王：

我猜你一定没读我之前写的信，因为我没有收到你的任何回复。我拒绝承认你可能只是已读不回，所以我只能怀疑，是我那些装着信的漂流瓶在寄出途中丢了。也许在瓶子沉没之前，河流就把它们冲上岸了。也许是瓶盖没有密封好，瓶子进了水，我写的每个字都被水浸成了难以辨认的黑色墨迹。也许人鱼不读白纸黑字，你们通过泡泡交流。我也不知道。

但在你离开之后，给你写信这件事，让我心里感觉舒服多了。这感觉就像是在和你对话，哪怕只是单方面的。所以我还是会继续写下去。如果可以的话，请给我一个回应吧。

我一直在重温你把双腿缝在一起之后的那段时光。我在斑驳的记忆里东翻西找，希望能找到某些线索，告诉我你到底游去了哪里，或者当时有什么选择我可以做得不一样。我在脑中把那些回忆倒带了太多遍，不确定还能不能注意到新的细节。

我后悔自己不是第一个看见你从更衣室里出来的人。或许，如果我是第一个的话，我可以先跑过去，把你抱在臂弯里，带你逃跑，逃离赛场，避开之后所有的麻烦。但可惜的是，我正坐在咱们泳队的休息区，独自一人，心不在焉，一边想象着我的100码蛙泳比赛，一边在池中寻找着你的身影。你什么都没说就消失了，我不知道你是在热身，还是在我不知情的情况下换了比赛泳道。

我仍然愤怒，因为第一个见到你的队友是艾丽，而不是我。她站在更衣室出入口正对面。你蹦着从更衣室里出来的时候，艾丽戳了戳卢克，他正在拉伸股四头肌，一如既往地站在她旁边——后来，当救护车把你拉走的时候，艾丽压低声音说你就像兔子一样从更衣室里蹦了出来，完全无视你留下的一路血迹。

然后卢克又戳了戳吉姆，当时他的脸正埋在写字板里检查接下来的比赛赛程。吉姆瞥见你和你的双腿时，吓得把写字板都弄掉了。后来，我在潮乎乎的泳池旁发现了那几页纸。比赛赛程和运动员的名字用黑色墨水写在纸上，混入了氯水和你鲜红的血，所有的东西变成一片模糊，仿佛已经预知接下来的比赛不会再继续了，所以才要毁灭一切赛程存在过的证据。

是吉姆教练在你还没开始比赛之前就阻止了你。

对不起。

我应该试着拉住他的。

但吉姆是个大块头。虽然我有游泳练出来的肌肉，我也不可能有足够的力量把他制服。

多亏了吉姆，你没能在地区赛上用你缝合的双腿游泳。你没有机会证明你的做法到底是对还是错。我至今还会想象，你那天究竟能游得有多快。看你游泳总是一件很快乐的事，你的动作从不呆板，而是像真正的海浪一样顺滑。在任何比八个来回更长的比赛中，你总能领先对手至少一圈。你的双腿缝在一起了，我敢打赌，你肯定能从起跳台上起飞，跃入空中，飞出体育馆，飞到天上去，借着云朵里的细小雨珠穿过重重云层。

在主持人来得及对着话筒低语之前，吉姆已经率先用他最凶狠的、从腹腔深处发出的大嗓门对着裁判大吼起来——也就是他每次想吓唬我们、警告我们他马上要把屁股底下带着余温的椅子扔到我们头上时用的嗓门——让他们叫停比赛。所有的官员都震惊不已，从来没有人以如此粗暴的方式打断过他们。他们顺从了。

吉姆从他所在的泳池一端冲到你旁边，运动鞋在泳池边打滑，吱吱作响，撞倒了至少四名其他队伍的选手——我估计他是故意的，因为他总是在不停地寻找能够合理地给敌人造成伤害的理由。他将你一把抱起来，你的身体扭动着。他把你从起跳台那边抱到铝制的休息区座椅上，我正坐在那儿，完全呆住了。他放下你，就像在波塞冬面前放下祭品一样，以我的大腿为供桌，将你的头轻轻地放在上面。你好重啊。有时我坐下来，会觉得大腿上传来沉重的压力，我低下头，以为会看到你的头，但那里什么都没有，只有我自己的皮肤，还有皮肤背后隐匿的肌肉、骨骼与脂肪——你变成了我的幻肢。

你抽搐着，身体绞动，在摇晃的长椅上翻来覆去，就像离了水的鱼一样。我吓坏了，在吉姆恐慌的驱使下，我伸手搂住你的脖子，扣住你的头，另一只手环着你的腰，想把你固定住，但你一直在扭动，双臂在空中疯狂地挥舞，朝泳池的方向伸着，手在半空中奋力抓挠，锲而不舍地去够远处的水面。我还记得，我惊愕地盯着你身上因剧烈动作而微微松开的肉瓣，猩红色在你的鳞片沟里汇聚、溢出，流到震动的长椅上，在我大腿下积成一摊血泊，我的泳衣被池水和你的鲜血浸得又湿又暖。氯水味混杂着血气，还有你那血腥的鱼尾，都刺激得我几欲呕吐，但我咽下涌到喉咙口的呕吐物，转开视线，拼命寻找能来帮帮忙的家长或者其他教练。

我目光锁定的是招生官。

他正手脚并用地往体育馆楼梯上爬，准备马上跑路，而不是走过来关心关心你的身体状况。我在体育馆看台最下方，从我的视角看，他小得像只蝼蚁。在见到他本人之前，我一直以为招生官会是个巨人，至少在体型上也要匹配他对你拥有的权力，但他如此孱弱渺小。真是个愚蠢的男人。

你被我勒得喘不过气来，我的手臂放松了一些。你开始呻吟："我的尾巴，我的尾巴，我的尾巴……"你不是像大家以为的那样在呼痛。现在我理解了，你的呻吟是渴望，是需求，是希冀。你要测试新的鱼尾。你要提高游速。你要对招生官展示你属于这里。

我不够强壮，不能阻止吉姆叫停你的比赛。我却足够愚勇，阻止了你追求自由。为此，我很抱歉。

卢克叫了救护车。四分钟内，一英里外大学医院的救护车就赶到了，穿过校区，警灯闪烁，轮胎嘶鸣。吉姆给你妈妈打了电话，她在家，她是唯一一个没有来地区赛为我们队加油的家长。在你尖叫的间隙里，我能听见你妈妈惊慌失措的声音从吉姆的手机里噼里啪啦地传出——首先她问救护车包不包含在医保内，然后问你的情况怎么样了。吉姆嚷着让她马上开车去迪特里奇街的大学医院，摔了电话，然后跑到我们身边。我和吉姆都没逃过你挥舞的拳头，直到吉姆终于抓住了你的手腕，把它们牢牢按在坚硬的金属看台上，直到急救人员冲进场内接手。

壬，当你在剃毛派对时跟我说起你的计划时，我没想到会如此血腥。我没有准备好要看你血肉模糊的双腿，被菱形针脚缝在一起，皮肤被扯得紧紧的。我要怎么忍受直视你化为一体的大腿、小腿、膝盖？大腿、小腿、膝盖，它们都曾经是我爱的女孩的一部分啊。

壬，你还是女孩的时候，我爱过你。我坦白承认。

你现在是人鱼了，我依然爱你。

会好的。你会好的。我轻声对你说，手臂紧紧地抱着你，眼睛坚定地盯着前方的水池。

你不再重复念诵着“鱼尾鱼尾鱼尾”。你开始低语：“让我走吧，凯茜。让我走吧，凯茜。凯茜，凯茜，凯茜……”

我的名字。从来没有人像你这样呼唤过我的名字。用力发出C的音，吐一口气，舌头为了我而平拖过牙齿。每次有人喊我的名字，我的心脏都像被紧紧揪了一把，恨不得喊我的人是你。

每天晚上睡觉前，我都试着回忆你的声音，像是安抚我自己入睡的安眠曲。但我根本没法安眠。我疲惫不堪。更糟糕的是，我还会做噩梦——壬，自从你离开之后，我从来没做过这么生动的梦：

最开始，你缝合双腿之后的那几天，我的噩梦都和游泳有关。我梦见一切会出岔子的事情——我在100码仰泳的时候数错划水的次数，在水里翻跟头转身的时候头在墙上撞碎，脑子从耳朵里漏出来；100码蝶泳的时候手臂位置出错，砸在泳道绳索上而不是水里，塑料浮标把我的皮肤撕成碎片；没听见晨练的闹铃，多按了三次“稍后提醒”，直到晨练都结束了才赶到，吉姆出于报复对着我的头扔了一把椅子，把头径直撞掉下来，我的头在泳池地上，以虫子般的视角抬眼看着自己无头的身体；弯腰跳水前，我那价值300美元的泳衣裤裆被撕破了；游200码蛙泳，从水中抬起头换气，却看见我的泳道尽头空无一人，没有人为我加油。

我惊喘着从关于游泳的噩梦中醒来，仿佛刚刚以冲刺的速度游了整整一英里。我在床上翻身，拉过被子盖住自己，试着重新入睡，却无济于事。我睁大眼睛却什么也看不见，盯着被子和床垫之间的黑暗，一遍遍琢磨着在我脑海中浮现的种种残暴场面。我怎么会喜欢上一项如此恶毒、如此容易变得扭曲变态的运动？噩梦让我意识到我有多么憎恨游泳。我不是讨厌水本身——我从来没跟你提过我和家人去佛罗里达州看望祖母时发生的事，正是那个我们变得疏远的暑假，当时你在做救生员，而我几乎溺毙在被你漠视的空虚感里。那段日子里，我花了很长时间泡在大西洋中，漂浮在海波上，让身体随着水自然的形态而动。我沉浸在无氯的水里时，我的皮肤从来不会感觉灼痛。相反，我什么都感知不到，又同时能感知到一切，感知到不存在中的不存在。有时候我甚至会大口喝着海水，顺畅地吞咽，津津有味地品尝着牙龈上残余的咸味。我爱那片水域。我爱漂浮的感觉。

壬，我恨游泳，恨这种行为，也恨我自己为什么永远不能成为你和卢克那样的明星运动员。我缺乏妄想：明星运动员必须得有足够的妄想力，才能坚信自己真的可以对抗物理、抵御重力，直至飞上第一名的领奖台，全靠体育能力的强悍而光芒万丈。毕竟，没有什么东西能比星星更醒目、更狂放了，尽管它在亘古之前早已死去，人类还是能用裸眼看到它的璨光。想成为星星，就不能给自己留下任何自我怀疑的余地，因此你和卢克这样的人才能大获成功，因为你们俩都是那种拔群瞩目的人，单凭自我意识之庞大就能把不安全感统统赶走，分毫不剩。而我呢，我抱有的自我怀疑足以填满一百万个泳池。

我对你的爱令我忽略了我那因恨而生的溃烂伤口，我是为了你才忍下来的，但如今你如此残酷地改变了，我也渐渐看清楚了：我痛恨关于游泳的一切。一切！我痛恨畸形的、致残般的训练，吉姆逼着我们做的那些屁事，无时无刻不在压迫着我的不安全感。我痛恨湿头发，我的红色卷发刚刚风干就要重新被塞回乳胶泳帽里，额头长出的小绒毛全都被扯了下来——几年来我甚至连一英寸长的新头发都没长出来。我痛恨干燥灼烫的皮肤，我脸上的死皮像灰一样簌簌剥落。我痛恨剃毛派对，痛恨剃毛膏，痛恨剃毛刀，痛恨不得不那么事无巨细地剃毛，只为从成绩里多剃几秒下来，而那个成绩我永远也达不到。我痛恨在逼仄的25码空间里移动的枯燥乏味。我痛恨总要躲避那些长着棍棒一样的手的男孩长长的臂展。我痛恨自己无底洞般的饥饿感。我痛恨我的队友。我痛恨吉姆。

我痛恨游泳对你做的一切。

我想让你知道，我痛恨这一切。一切的一切。我的恨意就像最深的海沟一样黑暗深沉。或许这就是为什么我们注定不能在一起。因为我恨游泳，而你爱游泳，依赖游泳，因游泳而获得能量。

你离开之后，我的噩梦变得湿漉漉的。不是春梦的那种湿，而是泳池的那种，运动员的那种。氯水、汗水、血水。我的噩梦变成了以你为中心的湿梦。你变成了人鱼。我梦见作为人鱼的壬，在我试图逃向池壁的时候拽着我的脚；“壬鱼”把我拖到没有氧气的水下把我活活淹死；“壬鱼”全身赤裸躺在血泊里，头发打着旋流进下水道里。在我的梦里，“壬鱼”肚脐以上是作为女孩的壬——一模一样的坚实的肱二头肌、粗壮的三角肌、纹路分明的背阔肌。然后我低头看到那双腿，被缝在了一起。壬，我明白了，我梦见的人鱼一直都是你。但那时候我还不明白。我把梦中的“壬鱼”看作我迷乱想象遗漏的无伤大雅的碎片。

我从湿梦中醒来的时候也是湿的。汗水，还有别的。黏的，稠的。液体在我下背部和臀部汇聚，说实话，这种感觉让我想起当时抱住你不让你去泳池的时候，我大腿下面的那摊混杂着氯水的血。

我把手伸到两腿之间，那里一塌糊涂，全是无色黏液。我不理解为什么这种液体每一夜都从我身体里涌出，为什么我会感觉如此自然。

我没跟任何人说过我的噩梦——我没有可以倾诉的人。我也没尝试过那些愚蠢的解决方法，比如吃褪黑素或者冥想。我宁愿相信失眠就是我的忏悔。是对我之前的冷漠的惩罚。我，你饱受折磨的爱人，经受着无眠的死亡。

有一次，我开车去市中心的匹兹堡大学游泳池，想重返你开始的地方，我结束的地方。我把车停在大楼外面，坐了很久很久，挣扎着要不要回去，绕着那个你坐在上面缝合自己的淋浴排水口踱步，或者坐在你尖叫时我按住你的长椅上。但我知道，这么做不会带来希望，只会适得其反。如果我再走入那段回忆，我就不会再有离开的勇气了。我只会想加入你，想凭空变出一根针插进自己的大腿。

壬，你想让我也试试吗？你知道我讨厌疼痛——现在你知道我也讨厌游泳了——但我愿意为你承受疼痛。这样我们就可以在一起了，我们俩都有鱼尾，和同类在一起，组建两个人的人鱼家族。

我相信你有很多族人。你在水底应该交了不少新朋友。这里，我在的地方，我孤身一人。我妈妈试图说服我，应该交点新朋友，尤其是在我退出泳队之后，但又有什么意义呢？谁都不能取代你。我是永恒的泳者，却也是退役的泳者，而这两种身份之间毫无重叠，所以我只能漫无目的地踟蹰在夹缝中。我一个人在食堂吃饭，一个人走在学校楼道里。我始终低着头，避开每个游泳运动员喜欢聚集的地方：卢克的储物柜旁边、通往泳池的楼梯口、学校停车场艾丽的车附近。

我很孤独。这个词的首字母是A，A-lone。A-这个前缀的意思是“没有”。我没有了你。

我想你。

爱你的

凯茜

第十七章

即便是当吉姆把我从起跳台上抱走、我疯狂地在凯茜大腿上挣扎的时候，我都还在相信她一定会救我。我相信凯茜和我告别之后，她就会放开我，把我的身体翻过来，推下她的腿，推下看台长椅，推进泳池里——那个真正属于我的地方。我希望凯茜能理解我，理解我的渴望，但和往常一样，我对她的期望还是太高了。我太专注于比赛和招生官，以及之后会发生的种种可能性，导致我竟被两个我以为始终会站在我这边的人挫败：凯茜和吉姆。

背叛对于人类而言轻而易举。

救护车来的时候，由于我在奋力挣扎，他们不得不给我注射镇静剂。后来，我昏昏沉沉地醒来的时候，浑然不知时间或身在何处，只发现自己躺在一张白色的床上——医院的病床。我惊慌失措，立刻伸手去摸下半身，发现鱼尾还在，且完好无损，才松了一口气。我试着挪动它，抬起一两英寸高，再砰一声砸回到床单上。毛刺刺的薄毯子遮住了鱼鳞的虹彩。我动弹不得。重力和空气都太沉重了。我的鱼尾只有在水里才能保持优雅高效。我掐住自己的喉咙——我是人鱼，氧气比氯、比水更令我窒息。虽然我在三种介质里都能呼吸，我必须得先回忆起如何呼吸。

我浑身酸痛，尤其是鱼尾，它瘙痒着，想要沾水；指关节上都是青紫的瘀痕，那是我挣扎的时候留下的。我没有喊护士来——我不确定我能否依靠她们，她们多半都是人类——而是强迫自己沉醉在身体的疼痛中。毕竟，感到痛苦难道不是代表软弱正在离开身体吗？如果此话当真，那我现在已经达到了有史以来最强的状态。我希望自己不要忘记这种痛。我把万箭透肤的刺痛、鳞片缝隙里火烧般的灼痛镌刻在记忆里。

当我还是人类的时候，我的大脑倾向于遗忘，这是我从游泳训练、严苛的竞赛、队友的嘲弄、吉姆施加的情感虐待中学会的技能。我想，抹除记忆或许就是我推动自己去承受无尽折磨的手段。我必须遗忘 100 码蝶泳冲刺有多痛苦，否则我绝对不可能逼自己做第二遍。

但人鱼——人鱼享受痛苦。人鱼拥抱痛苦。人鱼知道，律己的痛苦远比日后悔恨的痛苦要轻微。正是如此：我醒来时，我感觉头脑几年来从未这么清晰过。我的头痛，去年脑震荡的残余，已经彻底消失了，大脑中只剩下一个明确的目标在横冲直撞：

到水里去。

我已经尝试过了，也失败了，部分原因是凯茜和吉姆的阻挠。但我可不是那种不负责任的人，不会把过错全都推到别人身上——我从一开始就想错了。我早就该意识到我想抵达的那片水不是氯水。氯水不是一直都在伤害我吗？它让我的皮肤干涸掉渣，裂成无用的鱼鳞状，因刺激而泛出深深浅浅的红色——化学的灼伤。归根结底，氯是一种化学物质，一种添加剂，一种人类用来控制水的工具。那本传说故事书里没有氯水人鱼，因为氯水人鱼根本就不存在。如果我继续待在氯水池里，我也会被人类控制的，注定要作为一条被禁锢的人鱼继续受苦，直到我选择变回人，或者死掉。我必须去到没有被玷污和驯服的水里：开放水域、咸水、淡水。

就在我猛然惊觉氯水给我造成了处刑般的伤害时，护士把头探进病房，发现我醒了。她去喊医生，很快医生就来了，母亲跟着他。

我曾在缝合发生之前的那些夜晚，一帧一帧地想象过我们亲子团聚的场面。我幻想着，在我变成人鱼后，父母脸上浮现出敬慕——对，父母都在，连父亲都在——然后招生官就会打来电话。但走进屋的只有母亲一个人，她脸上尽是人类的生理反应，表征着悲伤、愤怒与困惑：瞪大的眼睛，乱糟糟的头发，新长出来的皱纹布满泛红的皮肤，集中于眉毛上方和额头。

母亲在我几英尺外的地方停下了脚步，站在我的手臂够不到的位置，仿佛我身上有传染病一样。

医生是离我最近的人。我避开他的目光，只抬眼盯着天花板的瓷砖。其中一块长方形瓷砖角落上沾了一摊牛奶咖啡色的污渍，和吉姆牙齿的颜色很像。医生清了清嗓子，示意我该看着他，但我拒绝配合。像我认识的其他医生一样，他表现出来的工作能力都是假的，他脑内的知识枯燥无比。现在我是人鱼了，我已经获得了足够的智慧，知道该忽略他即将强加在我身上的东西。这是我作为女孩的时候缺乏的能力。

医生的薄唇抿成一条线，颜色几乎和他的皮肤一样淡，几不可见。

“我是史密斯医生，我是来帮助你的。我讲完话之前，请不要问问题，我不喜欢被打断。好了，看上去，你缝合了双腿……”

他滔滔不绝地说着我的腿，完全忽视了事实，也就是我其实长着一条鱼尾，而不是双腿。这更加证明了他的无能。他什么都不懂。

母亲插嘴问了一些问题，明显惹得史密斯医生烦躁起来。我仿佛是在水底听着他们讲话，我正在参加游泳比赛，他们的声音抵达我耳畔时只剩邈远而扭曲的轰鸣，但我听懂了一部分乱七八糟的杂音，足够让我意识到，这个丑陋的医生并没有问我*为什么*。我为什么把双腿缝在一起？我为什么选择变形？他也没有问过我，他能不能做点什么来帮我回答这些问题。

没有*为什么*，只有*什么*——你做了*什么*。你的所作所为太可怕了。你必须停止这么做。

我看着母亲的头在颤动。我看着她一直低着头，凝视着自己的指甲，咬得光秃秃的，没有血色。她的指甲和我的指甲一模一样。我们不在乎*什么美甲*。为什么要去美甲店呢？

那些店的地基是弓腰缩背的、每天呼吸着化学气体的越南妇女的血肉。比起我那些总去享受美甲服务的白人队友，我觉得自己更像这些越南妇女。我的队友来训练的时候都有完美的杏仁形的红指甲，但她们只要潜入水里，甲油就会开裂剥落。她们眼里物有所值的美容项目，在我眼里是一种可笑的浪费。看上去，游泳仿佛是一项温柔的体育项目，全都是波浪和轻柔的水，但这只是一种假象，因为任何美甲、造型、身体——不管多么坚固——都无法在吉姆的训练下毫发无伤。

医生沉默了。他也问了我几个问题，但我没有回答。我无法回答。

他离开了。医生不在了，我封住的耳朵仿佛也打开了。母亲依然站在远处的屋角里，盯着自己的手指。

我在等她主动开口。我拒绝为我们重逢的场面奠定基调。

她开口了，声音嘶哑："为什么？"

我没有说话，确信她想用这个短短的问题得到长长的答案。付出少，索要的回报多。但我还能说什么呢？我只能说这就是我一直以来的样子。

"你为什么要这么做？"她又问了一遍。

"你不理解我。"我回答道。世上哪有母亲能理解呢？

她抽了抽鼻子，我做好准备迎接她的眼泪。

"医生本来想马上拆掉缝线的，那时候你还昏迷着，但我觉得——"她打了个嗝，我逼着自己不要崩溃，"——我觉得你需要知道这件事。需要等你醒来。而我需要在这件事被抹去之前知道你为什么要这么做。但你不肯告诉我。你什么都不肯告诉我。”她指责道，恳求以怒火结尾。

我很感激她愿意为我拖住医生，但我给不了她想要的解释。所以我还是没有回应。我该怎么在医院里当场为她讲述一段横跨漫长岁月的故事呢？我没有时间了。我们没有时间了。世上没有任何一对母女之间有足够的时间来把故事讲完。

“你爸搭的飞机已经在机场降落了，”她说，“他在过来的路上。我要自己做出任何明确的重大决定时，我希望他能陪着我……我从来都不知道怎么做才对——”她呜咽，我用余光瞥见她抬起手来擦拭眼睛。

“女儿，会好的，”她说，“史密斯医生说你的情况很特殊，他没见过这样的病例。他们把缝线拆掉之前需要先做一些测试。但一旦我们同意了，他们就可以开始了。他相信你会安然无事的，尤其距离你出事还不到24小时。手术很简单。他说你康复后就可以重新走路了。”

她拉近了和我之间的距离，双臂搂住了我。人鱼都爱自己的母亲，不管有什么过不去的事，所以我容许自己亲吻她的脸颊，抚摸她的后背。

“妈妈，我是人鱼。你不能夺走我的尾巴。”

她的双臂收紧了，然后她放开手，眼睛圆睁。她再次退后几步，远离了我。隔着病房敞开的窗户，我看到外面阴沉沉的——匹兹堡总是这样的天气——但有足够的日光照进室内，让我得以看见她的眼泪流进凹陷的皱纹里，我能数清她松弛下垂的脸颊上每一粒雀斑和小痣。她讨厌脸上的痣，父亲曾经答应过有朝一日要带我俩去首尔，东亚人心目中的整形美容之都，把痣点掉。但那个承诺很久之前就烟消云散了。我们把去首尔的机票钱和点痣的费用花在了泳衣和去客场比赛上面。

“你什么意思？你想一直残疾吗？”母亲的声音沙哑而无力。

“不。”

“你的意思是说你想拆了缝线？”

“不。我的意思是说，我没有残疾。”

母亲小心翼翼地斟酌着措辞。“好。你说得对。没有残疾。但我们可以把尾巴除掉，好不好？”

“除掉尾巴我就会残疾。”

沉默。停顿。母亲露出困惑的表情。于是我再次开口，想把话挑得更明白一些：“我要留着我的鱼尾。”

“你不能这么做。”

“我能。”

母亲盯着我看。我也看向她爬满丝丝缕缕痛苦的脸庞。倘若我的意志力稍微弱一点，我便会当场开口乞求她的宽恕，因为这样的命运不是她应得的，她不该同时被丈夫和女儿背弃——

父亲突然闯进了病房，门砰的一声撞上反面的墙壁，让我和母亲同时吓了一跳。然后门猛地弹回来，砸在他的手臂上，但他一动不动地站在原地，胸膛急促地起伏着，毫不理会沉重的门板。他显得衣冠不整，衬衫扣错了两个扣子，裤子拉链也没有拉好，连一件行李都没有。我猜，他是在听说我变形的一刻就买了能买到的最早的航班从中国飞过来的。他甚至没来得及刮脸，下巴与人中遍布黑色的胡茬，脸颊上挂着些莫名泪痕。我从未见过他落泪——即便是几年前他接到通知他奶奶去世的电话时，他都没有哭过。

母亲奔向他，与他双手紧紧交握。这样的亲密感突然让我想起了我的队友们，还有凯茜：我们会在赛前与赛后互相击掌，紧紧握手。我从未见过我的父母牵手，甚至连脸颊上的浅吻都没有过——我们从不在公共场合表露爱与亲密。难道我的变形也让我父母为人处世的方式有所改变吗？

父亲大步流星向前，仿佛这样就能掌控局势，仿佛他只是出现在此地便足矣——确实，因为他在家庭中一直缺席，所以每当他突然现身，我们很难不去注意到他。*这男人究竟是什么东西？*我和母亲甚至从未有过机会去想当然地要求他的陪伴或是种种指示。每当他在我们身边待得够久，在我们这个美国家庭里确立父亲的身份、确立一家之主的地位时，他就又会再次离开，回到中国。那么，时至此刻，我也决定要离开。我突然意识到，人和人鱼之间最相似的地方，就是双方都终究会离开他们所爱的人。

父亲没有和我打招呼，也没有像母亲一样拥抱我，更没有想要询问我为何要做出这样的选择。

“哎呀，壬，听我说，你拆了线，然后我们一起回家。回家，好吗？”他的声音如惊雷轰隆隆穿透狭小病房。

我不禁笑出了声。起初见到他时，我心底确实涌起过温情，但他剑拔弩张的样子让那丝暖意迅速消解。“爸，你说的回家，是去哪里？你说的家又是哪儿？谁的家？”我的声音比想象中的更加尖锐，甩脱了长久沉睡带来的含糊，鼻腔中积压的黏液也为之一清。我的感官本已麻木，但在目视父亲回归的一刻，缤纷五感突然涌现。

人鱼会爱她们的父亲，对父亲的标准已经低入海底，但就连如此之低的标准，父亲都够不到。

“哎呀，傻宝贝，你在说什么呀？”母亲起身，拧着手，“为什么啊？”她再次发问，“宝贝，你为什么要这样？你到底是谁？你想对你自己做什么？”

“我依然是你的女儿壬·余，只不过我现在是人鱼了，”我说，“如果你刚刚听进去了我说的话，你就该知道，我一直都会是人鱼。”

母亲伸出双臂抵在父亲胸前，拦着他，不让他冲到病床边扇我耳光。她说：“壬，我们是你的家长，是你爸妈。你必须把你腿上的缝线拆了。你必须动这个手术。”

“不。”

“你不是人鱼。求你听听我们的话。”母亲哀求道。她突然跪倒，膝盖触地时发出一声脆响。她眼中咸水如泉涌，眼泪在她面颊的褶皱中汇成河流。父亲也开始哭泣，硕大泪珠为他那从鼻梁上滑下的眼镜蒙上一层白雾——这么多年来，他忙于安排会议、到处游说，甚至都没能抽出时间为自己配一副合适的眼镜。眼泪聚在镜片和镜架的边缘，循着先前的泪痕淌下，没入胡茬中。他张开嘴，开始号啕大哭，哭声比任何崎岖岸边海妖的歌喉都更加令人惊悸。

我闭上眼睛。听到父亲的哀号已经够糟糕了，如果再看到他的模样，可能我会直接崩溃，会当场抓起离我最近的手术刀剁下鱼尾，什么都行，只要能让他们不再痛苦就行。我愿意为了取悦他们做任何事。但我必须保持坚强，保持我人鱼的形态。

我决定把双腿缝在一起的时候，没有好好考虑过父母的情绪，只忙着不顾一切地向前冲，但我的鲁莽可以归咎于吉姆——是他教我，活着就该冲动。不提前做计划，直接跳进水里，这样当肌肉意识到水有多么冰冷刺骨的时候，已经太迟了。我那时已经开始移动了，一刻不停地游着泳。

我再度开口，声音也沙哑了，在父母的呜咽声里几不可闻："我必须回到水里，永远待在那里。你们拦不住我。"

他们给不出任何有条理的回应。

我放柔了声音，继续说道："爸，妈，我宁可自己是带着你们的祝福回到水里的。至少，你们能不能对我说一句同意？"

母亲哀号了一声。她抓住父亲的手，拖着他，两个人一起上前抱紧了我。他们的拥抱弄疼了我敏感的鳞片。他们俩都比我记忆中更重，仿佛悲伤已经化作坚实的担子，沉甸甸地压在他们肩膀上。然而，人类的代际创伤确实一直都很沉重，沉入阴郁的深渊，化为压抑的记忆，日后再被挖掘出来重见天日，成为所谓的"智慧"。我突然意识到，我父母也是把重担背在身上而不是放在心里的人——这是我注定要从他们那里继承来的东西。

我抚摸着他们的头发，我的眼泪掉在黑色的发丝上。泪水在病房嗡鸣的荧光灯下闪闪发亮。我们抱头痛哭，相亲相爱，无视着也惦念着之前发生和之后将发生的一切。

~~~

在大众的传说和讲述里，人鱼从不善待家人。人鱼会离开家，寻找新的情人，踏上困在安全的家里就绝不可能拥有的伟大冒险之旅。人鱼从不后悔丢下哀伤的父母。

但是，我必须敦促你们想一想这些故事的来源：一个待在家里的人鱼，备受宠爱，有一对美丽的父母和相亲相爱、分享一切的姐妹，这样的故事还值得被铭记吗？

不会的。

人类和怪物都懂，有关魔法、奇迹和神话的故事之所以有趣，是因为它们源自创伤、暴力、鲜血。毕竟没有痛苦，何来成长？

女娲已经活在大自然的美景中，但在她决定用泥巴捏出人形、化身为神之前，她依然饱受孤独的摧残。她的神话源自她的孤独。

还有不孝的爱丽儿，抛下姐妹，无视父亲的忠告，自愿受到坏女巫的诅咒，把她的魔法轻易置换成了一个男人和两条腿，真是最不值得的交易了。

记住了，我不是爱丽儿，也不是女娲。

我是独一无二的人鱼，我是我自己，我有自己的故事。
~~~

自己的鱼尾。

我很爱我的人类父母。我知道他们爱我。我们为彼此做的一切，我们对彼此做的一切，都是出于爱。就连告别也是。

~~~

在这次家庭团圆的两天之后，就是我的尾巴移除手术。父亲想让手术再提前一点，但母亲坚持认为，在我如此珍视的东西被夺走之前，我需要有足够的时间做好心理准备。

她总是尽力想让我开心，即便在她想毁掉我的时候也是。

父母没有再来病房看过我。我猜想他们是太害怕开启下一场宣泄情绪的交锋。但他们还是会来医院，给我带来各种东西，希望为我营造他们心目中家的感觉：我卧室里的蓝色鱼形花瓶，一包我最爱吃的中国零食——这让我想起凯茜在我被取消比赛资格之后来图书馆找我的事——还有一摞小说。这些礼物由护士拿到了我的房间，而不是他们。

他们从未明确表示过接受我的转变，以及我准备离开人类世界这件事。但至少，他们用行动表示了对我的谅解。原谅，却不接受。对我而言，对他们而言，都已经足够了。

护士还带来了问候卡片和一束束气球，把它们放在了我触手可及的地方，仿佛这些写满祝福之语的东西可以入侵我的人鱼之梦，迫使我的身体自行变回原样。我随手翻看着队友们寄来的卡片，看到卢克的来信时忍不住皱起眉头，卡片上用医生般潦草的字迹写着一句简简单单的“早日康复”，
~~~

旁边印着一只嘴里叼着温度计的青蛙图案。

我的目光落在最底下吉姆的来信上时，我的鱼尾因勃然大怒而震颤起来。我不想读他的信。他的每一笔每一画，在t上画横杠或者给i点上点，都像直接落在我的心脏上，激起狂怒，还有扭曲的、冗余的、对这个控制了我大部分人生的恶魔般的男人的爱意。他的言行一直都有问题。现在，我躺在医院里，终于可以意识到他做的事情是不妥的、越界的，但已经太迟了，我来不及阻止他了。在本有机会让他倾听我的时候，我太年轻，太像人类，尚不能理解这个男人施加的千刀万剐究竟会对我这种女孩造成什么样的长期伤害。相反，我只是笑着，服软接受着，甚至享受着。这不正是所有男人都想看到的“宜人”吗？在他们不断突破边界的时候，一次次温和地让步，为他们未来可能做出的求欢行为敞开欢迎的大门？吉姆曾经试图成为我生命里的父亲，而我也不知不觉地同意了，以致我亲手赋予了他父亲的地位，我则是他的泳者养女。因为我真正的父亲总是缺席，而吉姆总是在我身边。没有一种爱能像教练对运动员的爱那样强烈。

确实，我的游泳成绩不可避免地与吉姆息息相关——我的胜利就是他的胜利，我的失意就是他的失意。任何亲密的关系里都存在着互相依赖，以及欲望。这是应习得的教训，是可预见的诅咒，是少女时期的典型特征：永远把自己的欲望和年长男人的欲望混为一谈。神话书告诉我，即使是大多数人鱼也不例外——我永远不会忘记书里的那些中国人鱼，被困在沙地上或被劫走嫁人，完全依赖男人行善开恩。

我把吉姆的卡片撕碎的时候对自己发誓，我要打破诅咒，写下我自己的传奇。

没有凯茜的卡片。我再三检查了每个信封和署名确认。我很想她。我们花了那么多时间在一起，参加比赛、训练、上学，以及共度其余的空闲时间。我已经适应了一直有她陪伴的生活，现在我躺在这里无法动弹，身边没有她，这简直是在恶意摧毁我的天性。我没法集中精力看电视或者看书，因为我的大脑忙于产出蒙着茶色调怀旧滤镜的幻想：我和凯茜一起躺在病床上，或是客场比赛的时候在简陋发霉的酒店房间里和她紧紧依偎。史密斯医生会来我的房间，眼神邪恶，把持着我父母答应让他把我劈开的同意书。他的存在提醒了我，他即将把我毁掉，把我变回人，逼着我重新长出双腿、刮去鱼鳞。每当这时，我都强迫自己的思绪飘到很远的地方，想象凯茜和我在大海与沙滩交界的地方身体交叠，用海草编皇冠，啜饮盛在海螺壳里的芦荟汁。医护人员出现时我会产生强烈的消失欲望，于是我开始让自己解离，医生忙忙碌碌地在我身上做着任何他想做的测试时，我想象凯茜的重量压在我身上。他终于离开了我的房间，我猛然醒来，回到冰冷的病房，抚摸着遮盖住鱼尾的毛刺刺的毯子，重新调整感官。

我不能让史密斯医生得逞。成为神奇生物时短暂的兴奋感永不足以支撑我度过沦为女人的一生。我必须到水里去。淡水。但我该怎么去呢？

第十八章

有人敲门。

难得一见的金色夕阳从我的窗户洒进来，把房间照得暖洋洋的。我才刚刚醒来，在午后和入夜之间这段罕见的光景里眨着蒙眬的睡眼。前一夜，我一直无法入睡，一直在焦虑该怎么在手术之前从医院逃出去，在淡水里游泳是不是像在氯水里游泳一样容易，以及没有了泳镜，我的眼球能不能适应水下的环境。直到黎明降临，疲惫压倒焦虑，我才终于睡去。

“请进！”我说，以为敲门的人是护士。我的声音嘶哑低沉，还带着初醒的迷糊混沌。

门吱呀一声开了，进来的不是忙碌的护士，而是一个女孩，红色卷发、雀斑、温暖的笑容、圆圆的脸颊。

“嗨，壬。是我，凯茜！”

我张大了嘴，又立刻闭上了嘴，下巴合得紧紧的。

“当然是你了。还能是谁呢？”

凯茜笑了。她一反常态地穿着高跟鞋、牛仔裙和紧身黑色上衣，衬出她火红的头发，仿佛她是为了这次探视，为了久别后的第一次约会特意打扮过一样。我从没见过她如此盛装打扮，因为她通常都穿着运动鞋和运动裤——花哨一点的话就是紧身瑜伽裤——上身则是队服，或者体育应援衫。我上下打量着她，惊讶地点点头，以表赞许。我无声的评判令她面红耳赤，她靠在门框上，把重心从一只脚转移到另一只脚。

“哇，感觉好久没见到你了一样！”我感叹道。

“是啊，怎么说呢，短短的时间里发生了很多事。”她皱着眉头回答。

我扬起眉毛，刚刚见到她时的兴奋心情逐渐消散了。她的表情显得好像发生的那些事全都是负面的：“你倒是来得挺迟的。我以为你昨天完事了就会直接从泳池过来。说实话，我还以为你不想来呢。”

凯茜摇了摇头：“不，自从救护车把你带走之后我就想来了。但是探视时间是有规定的，而且我得等吉姆离开才敢进来。”

“吉姆来了？来医院了？”

“对。我走进来，看到了他，赶在他看见我之前马上转身跑回车上了。他逼着前台把你的病房号告诉他，像个小孩一样发脾气。我很同情前台的人。你妈妈好像把他的名字写在探视黑名单上了。”

我再次意识到，母亲总是竭尽全力想让我开心。

凯茜正在看着我：“你想让他过来吗？我可以给他打个

电话。”

我犹豫了。我可以在凯茜的帮助下，以想要他、需要他、渴望他和他的指导为由，把他引诱到我的病房。然后我就可以实施我的复仇计划了。人鱼不是一直都有能力用声音的力量诱惑男人去死吗？如果我想的话，我可以张口歌唱，那歌声如此美妙，吉姆会心甘情愿地把头砸在墙上，像船只撞上礁石一样。他的头骨会像船上的木板一样片片碎裂，脑浆像湿透的船旗一样沿着墙滑落。我可以诅咒他，让他在抽下一支烟的时候呛死，像男人试图在水下呼吸时一样。我可以改写他的命运，让他失足掉进泳池，在下一次游泳训练的时候淹死，就像男人爬进大海试图寻访人鱼时一样。又或者我可以突然乞求他原谅我，告诉他我之前说的一切都只是在开玩笑，允许他走上前来抱我——他总是离我过分地近了——而在他亲吻我脸颊那一刻之前，我再用鲨鱼一样锋利的牙齿咬住他的颈动脉。他将趴在我的医院毛毯上受苦受难，而我则嘲讽这个可悲凡人的自大。但他皮肤的味道，他的喉管，一定很恶心——像激浪饮料、防腐剂和他选的随便什么廉价古龙水——而我必须保持洁净，否则水可能会拒绝我。水下的一切都是干干净净的，我不能让吉姆的死玷污我自己或者我的身体系统。他不值得我为他堕落。他不值得我在他身上使用超尘的人鱼魔法。

“不，”我说，“还是不要了。”

“好吧。”

凯茜尴尬地站在门口，似乎在等待着更正式的欢迎，等我给她拉过来一把椅子请她坐下。她怀里抱着一株绿萝，我认得这种植物，因为母亲在家养了大量这种容易打理的植物。偶尔有罕见的匹兹堡阳光从我们家窗户里透进来，就会被绿萝吸收。匹兹堡的年均降水量和阴天的比例可以完胜太平洋西北部任何一座森林，但母亲依然坚持要试试在缺乏阳光的情况下培育这种植物。她几个月之前从杂货店给我也买了一株绿萝，以为我总和碧水打交道，也能学会怎么侍弄碧绿的植物。我没有打理过那株植物，但它却一直苟延残喘着。我被它顽强的生命力打动了，勉强开始给它浇水，于是它的叶子和茎就顺着墙爬了下来，爬过地毯，爬上我的床。有些晚上我会做噩梦，梦见蛇发人鱼纠缠着我的脚，想把我拖进汹涌的风暴漩涡里淹死。我和人鱼搏斗，尖叫道我自己也是人鱼，只是还没成形而已。之后我会猛然惊醒，双脚向上一蹬，被子像幽灵一样向上飘起，绿萝烦躁地抖动着，我才意识到碰到我的是绿萝，不是一条不肯把我看作自己人的人鱼。

这种植物自恋、贪婪，浸泡在过量的阳光和水里，但我猜测凯茜带它来是有理由的：礼物、道歉、问好。它的叶子厚实、圆润、多汁，卷须从她的手臂间探出来，拂过我的皮肤，试探性地打着招呼。

“你就打算一直站在那儿吗？”我开玩笑道。

凯茜笑了，仿佛她一直在等候着我的批准。她一瘸一拐地走过来，好像不适应高跟鞋的脚已经磨出了水泡。她走到窗边，把绿萝放在阳光正中间，发出一声闷响，叶子颤动着，俨然已经开始蜿蜒靠向窗玻璃，汲取阳光。

然后，她向着我的床——向着我——蹒跚地走来，手臂环住我的身体，抱住我，头发弄得我鼻子下面痒痒的。她没敢把体重全部压在我身上，就像不想把我压碎一样。我强忍着把她推开的冲动。她是我飞升之后第一个和我亲密接触的人，不是医护人员，不是哭号的家长，而是我可以暂且称之为朋友的人——尽管我们之间一直有着暗涌的情愫，我太累了，懒得去定义——然而，她毕竟是人类，我有些紧张，不知道鱼尾会因为她的接近而做出什么反应。我依然紧绷着，手臂僵硬地贴在身侧，双拳紧攥毯子，希望自己的上半身能放松一点，以防凯茜追问我的感受。

“你闻起来像辣姜。”她说。

“真的吗？你确定我闻起来不是医院味儿的？”

“对，你身上也有消毒水味儿，但并不难闻。”

“我谢谢你啊。”

“壬，我知道只过了一天，但我很想你。”她说着，脸更深地埋进我的肩膀里。

我犹豫了一下。然后我说：“我也想你。”我想她吗？

每种思念是有区别的。我在成长过程中就明白了这样的区别。我思念很多人：父亲、母亲，还有我那素未谋面的真实自我。我对他们的思念各不相同。因为爱而思念某人，因为失去而思念某人——表达出来都是*我想你，我也想你*，但意义南辕北辙。正如我们友情中从未挑明的暗流一样，凯茜口中的思念和我口中的思念截然不同。

凯茜松开我，却仍然坐在我床沿上，屁股紧挨着我的尾巴："你看上去不错。"

我盯着她："说实话，你看上去不怎么样。"她现在离我很近了，我能看到她脸上厚厚的粉底，遮掩着青紫的花瓣——和我指关节一模一样的痕迹。我抬起手指，轻轻地摸了摸其中一块瘀痕。凯茜的五官抽动了一下。

"这是我弄的吗？"我低声问道。

"对，但你别操心了，"凯茜说，"你当时不——"她顿了一下："你当时不清醒。"

我从未像现在这么清醒过。我皱起了眉头。"对不起。"我说，并不是真的出于歉意——相反，看到我们身上成双成对的瘀痕，我心里涌上一股变态的快感，为自己当时为了挣脱她的控制而拼尽全力、一心想回到泳池而骄傲。但我知道说对不起是对的。人鱼知道，有些时候暴力是出于自卫，出于保护爱人。事后道歉总比任由残暴发酵要好。

"你好吗？"她问。

"没什么好说的。我一直被困在这里。"我耸耸肩，靠在枕头上。

她捏了捏我的手，相叠的掌心提醒着我，那里有感情线、生命线，还有融在一起的汗水。

"所以你给我带了一盆植物？"我咯咯笑了。

"对的。你喜欢的话，我可以一直给你带植物来，直到你感觉自己像睡在森林里一样。"

"没关系。我不需要这些。很快我就能和水草、藻类为伍了。"我笑着说。

“呃——好。”凯茜转开眼神，环顾四周，想换个话题，这让我很失望——她以为我们能完全不提及我的鱼尾吗？如果她受不了讨论现实，为什么还要来看我？

“你把病房打扮得像自己家一样。”她说，回避着关于我要回到水里的话题。

“这得归功于我爸妈，他们把所有东西都带来了。”我说。

“哦。我认得那个蓝色鱼形花瓶——它之前不是放在你卧室里吗？里面插着晒干的麦秆。”

“对。但你怎么知道它之前在我卧室里？”我眯起了眼睛，“我记得你没进过我的卧室吧。”

“呃——这——那我记错了吧。看起来你爸妈想让病房更有家的感觉？呃——那摞书，还有中国零食，那边的桌子长得就像我们自习课的书桌一样。可能我就是把鱼形花瓶和你、和你的卧室联系起来了吧，我瞎猜的。”凯茜喋喋不休地说着，发出紧张的笑声，仿佛我刚刚是在试探她，然后她就沉默了。

我没有回应。有好几次机会，凯茜都有可能在我不知情的情况下溜进过我的房间——意面派对，或者来家接我妈妈一起陪她去买零食——如果她是趁我和母亲都不在家的时候偷偷闯进来的，我也不会惊讶。凯茜一直都想成为我。

不，她一直都想和我在一起。

在沉默中，我开始琢磨凯茜来探视我的理由。我了解人类，自己也曾是人类，因此我不相信他们会有纯洁的动机。她是想让我邀请她也一起变成人鱼吗？我可以叫她明天带针线过来，我来帮她把腿缝上，这样她就不用像我当时一样用身体其他部位作为祭品苦苦学习缝纫了。我可以鱼尾弯折，把身体摆成人类单膝跪地求婚的姿势，但我手掌里托着的不是戒指盒，而是一卷线和一根针。我们可以一起在水里游弋，乘风破浪，寻找最美丽的贝壳做成耳环，和鱼儿交朋友，它们永远会妒羡我们的嬉戏与相爱。但我知道，这不是我该有的命运。我不想把时间浪费在别人的蜕变上，因为我已经花了太久时间酝酿自己的蜕变。我也不渴求凯茜能给我的那种关系。我只想要我自己、水，还有那些已经以水为家的人鱼。

凯茜开口了。

“你缝——那件事之后，地区赛被取消了。但那天晚上队里还是举办了赛季末派对，也不知道是为什么。我不想去，但我妈非要叫我去转转。没有你，感觉怪怪的。”

“哦。我不知道还有派对。”

“我猜也是。我看见艾丽把你从群聊里移除了。希望她是出于好意，而不是恶意——她估计是不想打扰你，因为所有人都在不停讨论你的病——情况，”凯茜立刻改口，“不过都是些好话。比如希望你早日康复，想知道你的情况好不好。”

她从裙子后面的衣兜里掏出手机，她的重心向后移动的时候，床垫颠簸了一下：“来，给你看我们在派对上照的泳队合影。大家都很想你。”

“你们合影了？”我轻轻接过她的手机，把屏幕对准我的眼睛。照片有点模糊，仿佛照相的人忙着欣赏眼前的真人，顾不上关注相片的质量。全队的人都站在罗布家的门厅里，有些人被挤到了楼梯上。所有人都贴在一起，手臂贴着手臂，但凯茜和罗布之间有一块空地，正好能站下一个人。

凯茜倾身指着那块空白。

“你看，我们给你留了个空位。这是罗布妈妈出的主意，她很贴心。我们都很想你。”

我按捺着硌硬。我不想让他们多愁善感地怀念我，我想让他们觉得我是飞升了。

“派对的时候，卢克看上去糟透了。他觉得你在跟踪他。”凯茜说。

“什么？”

“对啦，他在犯傻。他昨天还给我打电话了，凌晨 3 点钟的时候打了五次，直到我接起来为止，问我你是不是还在医院里。”

“为什么？”

“他非说你在跟踪他，或者像鬼一样附身了他，什么乱七八糟的。他说多年来他都谨遵吉姆的建议，每晚睡前喝一升水，保持肌肉放松、水分充足，所以他每夜都在凌晨 3 点整准时起夜。但是昨天，他小便的时候，不知怎么回事，听见有人——或者什么东西——在浴帘后面不停地发出‘啪啪啪’的声音，就像针扎进皮肤一样。我笑话了他几句就挂了，主要是因为他来电的时间太不方便了，而且我一直都很烦他，但后来我又躺在床上想，那会不会真的是你？”

“你认真的吗？当然不是我啊。我是人鱼，又不是鬼。”

“对哦。”凯茜咳嗽了一声。

我沉默下来，眯起眼睛细看照片。卢克看上去一如既往，身材魁梧，比所有人都高，长长的双臂搂着艾丽。虽然我变了，但他们都没变。一想到凯茜和他们在同一个派对上讨论我的情况、聊我变形的八卦，我就觉得一阵恶心。我在触屏上捏动，放大看看凯茜对于卢克精神状态的评价说得对不对——卢克眼神里有一种疯狂，即使照片模糊了也清晰可辨。他金色的头发比平时要乱得多，仿佛他整夜都在紧张地挠头，而不是像艾丽喜欢的那样把头发梳得整整齐齐、上满发胶。

“你觉得卢克这样，是不是因为他为那个晚上发生的事感到愧疚？”凯茜问道，把一缕碎发别到我耳后。

我的头躲开了她的手。“哪个晚上？”我瞪着她。

“你知道的，就那晚。”

我知道，但我一点都不想聊起“真心话大冒险”游戏那晚的事情。我从口腔内部咬着脸颊，压抑着升腾的怒火：“你提它干吗？你之前从来不想谈这件事。”

“我试过，真的。是你从来不想跟我谈。但你想聊聊的话，现在就可以。你想的话。”她扭着双手，“壬，我想帮你。”

我一直盯着她，突然意识到她来探视我，是出于内疚——即便只是潜意识里的内疚。她想要由我来告诉她，她是无辜的。

凯茜低下了头。

“我为你挺身而出了，记得吗？我说了，你不想去。”她轻轻地说。

“对，我记得。”我怎么可能忘？

“你没有争辩。如果你明确表达了你不想去，我肯定会更努力地保护你！”

“行吧。谢了。”我把目光移开，再度看向窗户。透过玻璃和绿萝的叶子，我看见了医院的停车场。凯茜的银色小轿车歪歪斜斜地停在那里，一只轮胎压着白色的车位线。我之前都没注意。她刷父母的信用卡，在高中旁边那家闪闪发光的汽车销售店，从一个猥琐的老销售员手里买下了这辆车。她告诉我，她永远也忘不了那个销售员透过写字板偷偷窥视她的胸部的样子。我听到这个故事的时候，她不得不拽住我，否则我就会去找到那个销售员，把他的眼珠子挖出来，这样他就再也不能偷看她或者任何人的胸部了。我想要保护凯茜，但她呢，她只有在某些特定的时刻才保护过我，而在关键时刻都失败了。我很生气，非常生气，毕竟她失败了那么多次。

或许我能给她提供最后一次真正赎罪的机会。

“壬，你为什么要这么做呢？”凯茜低声问道，仿佛用正常的语调提及我的鱼尾就能让它彻底成为事实。

“你真的不理解为什么？你一点都没意料到吗？”我啐了一口。

“我怎么可能？我要怎样才能想得到你会对自己——”她哆嗦了一下，“对自己做这种事？想想你的腿——”

“鱼尾。”

凯茜瑟缩了一下：“鱼尾。”

“你当然不理解了。你从来就没理解过。”

“对不起。”

“别。”我恨声说，然后又提醒自己要放松。精打细算的操纵才最有效。要平静，不要生气。

“为什么要为正确的事情道歉呢？”我摸了摸尾巴，“我就是这样，我本来就该是这样。我是人鱼，不是人。”

“为什么？你为什么就不能留在我身边呢？”凯茜哀求道。

“我为什么会想留在你身边？”我冷笑。

“可是——”

“凯茜。别再试着说服我了。”我顿了一下，“但你现在能帮帮我的话，还不算晚。”

凯茜张开嘴，又合上，像垂死的鱼一样翕动着嘴唇。

她的表情令我嗤笑，觉得她和海洋生物放在一起简直是绝配。

“拜托了，壬，你现在只是心情不好。”

“显然是啊。所以你愿意帮我吗？”

她顿了顿，犹豫了一下。我屏住了呼吸。

“愿意。”她说。

我努力掩饰内心的喜悦。她根本无法理解我能把她操控到什么地步：“好了，你得帮我从这里逃出去。”

“我该怎么做？”她问道，双手合十，手肘撑在膝盖上，身体前倾，仿佛在向女娲祈祷我早日康复。

我望着她的姿势，残忍地讥笑了一声：“我要是知道的话，我早就自己走了。但如果你能做到，在你做到之后，我就原谅你。你不是就想要这个吗？你来看我，你非要问我那天晚上发生了什么事，不就是想得到我的原谅吗？”

“不，壬，我——”

“凯茜，如果你真的能帮我在明天手术之前逃离这里，过去的事情就一笔勾销了。”我冷冷哼道，迷醉于全身上下流淌的恶意欢愉中，五感为之一振——这难道就是人鱼歌唱引诱水手溺毙时感到的狂喜吗？

门被推开了。我们俩都吓了一跳。我的尾巴蜷缩起来。

“嗨，壬——你好啊，”护士把头探进来，打断了我们，“你是壬的朋友吗？”

凯茜擦擦眼睛，点了点头。

“很高兴认识你，但很抱歉，你得走了。探视时间结束了。”护士的目光落在我身上，“壬，你准备好之后就按铃叫我吧。”她笑了，然后消失了。门关上了。

“你该走了。到时间了。”我说。

“壬，我答应你，”凯茜说道，用双手攥住我的手，仿佛她紧握着我，就能兑现她的诺言，“我会弥补你的。”她屏住了呼吸，仿佛想说更多的话，但我已经移开了视线，转而望着病房另一端，那里空白一片，什么都没有。我厌倦了这场对话。我厌倦了她。我也厌倦了人类的世界——鸡毛蒜皮的问题、永无止境的悔恨。

凯茜明白她被下了逐客令，便站起身来，摇摇晃晃的，踩着令她痛苦的高跟鞋。她一瘸一拐地走到门边，右脚比左脚更沉重。她回头看着我，手放在门把手上，停滞了一下。我欢快地挥手，仿佛我们刚刚没有吵架，仿佛凯茜没有向我承诺连我都不确定她做得到的帮助。

她点了点头，脸颊上挂着怯怯的笑。她走了，门在她背后轻声合上。

我又是独自一人了。独自一人的时候更快乐。我的尾巴在毯子下面因渴水而跳动。我漫不经心地抚摸着鳞片，安抚着尾巴，抚平了毯子。我向后躺回到枕头上，心里想着凯茜的红色卷发，和爱丽儿的一模一样。我受不了凯茜在屋里转来转去时她那紧张的样子，绝望地寻找着一切合适的新话题来填补尴尬的沉默。我本以为再度见到凯茜会是温暖的重逢，我们可以一起聊聊究竟是怎么回事，但她从未直接问起我的鱼尾，只是单刀直入地问我为什么，都不肯给它一个称呼。她也从未要求看看我的尾巴。老实说吧，我很失望——我依然深深相信，在所有人当中，凯茜应该是唯一一个不会回避我变形这件事的人。

可是她的言行真的值得我惊讶吗？为什么我仍在容许自己生凯茜的气？为什么我直到现在都没能完全接受她永远不会像我所期望的那样成为一个完美的人？我紧紧攥住病号服盖住心脏的那块地方。我的心裂开了。我以为她会是我最后的救星，并非出于虔诚，而是迫不得已。现在我能依靠谁？过去我能依靠谁？哪怕到了现在，我已经拥有了一条如此鲜明、壮美的鱼尾，她依然不会彻彻底底、真真正正地理解我。这令我失望，令我沮丧而挫败，够了，我想斩断和她之间任何残余的纽带——

不过，我用来操纵她的引线还是要的。

我已经下定了决心。

我已经摆脱了人形的束缚。

现在我需要的是行动自由。

我祈祷：女娲，我的真神，保佑我平安，保佑我自由。

第十九章

鱼尾移除手术那天，护士走进我的病房，把窗帘向两边猛地一拉，推开窗户。阳光和新鲜的空气扑面而来，把我弄醒。我在日光的照耀下不禁眯起了眼睛。

“如果你愿意的话，可以试试站起来。史密斯医生说，今天下午动手术之前，你的腿需要先恢复力量。”护士走的时候说。

门一关上，我就跳下了床，站在坚硬的地板上，尾巴托起了我的身子。史密斯医生说得好像我一定会去动手术，我甚至还有腿，我不敢苟同。但他说得对，我在床上躺了这么久，确实需要恢复下半身肌肉的力量。我坐卧不安，迫不及待地想去找我的人鱼家庭，因此我需要尾巴竭尽全力。

静止的状态也影响了我的精神健康。躺着的时光令我回忆起我当时躺在卧室里半死不活、肝肠寸断的样子。

我还能站直，尽管有些难以平衡。当我把重心放在尾巴上的时候，我本以为会感受到剧烈的穿透性疼痛，但实际上我只感到一阵漠然的轻快。我吃力地跳向打开的窗户，一边蹦一边用手扶着墙。我真希望地板是液态的，而不是油毡、瓷砖和硬木这样的固体。我绝不会在水的世界里感到无法行动或者难以呼吸。我能超越任何试图淹死我的人。

我把头伸出窗户，脸向阳光的方向倾斜，仿佛我也是凯茜送来的绿萝的一部分。天空蔚蓝清透。轻柔的风吹拂着额头四周的碎发，在我耳边呼呼作响。温暖的早春上午。我在备战地区赛和住院期间从来没注意过季节是如何迅速变化的，脑子里只有水和人鱼，对大自然的四时流转置若罔闻。春天，以及即将到来的夏天，都将炎热不堪。或许我最终会找到的那片水域也将酷热难耐。匹兹堡每年气温都在变暖，而阴天依然照旧。我肯定不是唯一一条担心全球变暖和珊瑚礁死亡的人鱼。

我打量着窗外的停车场，心不在焉地寻找着母亲的车。很快就要手术了，我之前盼望着她或许会在探视时间过来看看我，尽管我又有些恐惧当面见到她——最终将更像是我在安慰她，而她能给我提供的安慰有限。这样的同情造成的其实是反效果，要受伤的人反过来要安慰探视的人。但我还是希望她能在我逃走之前来看看我，因为她——独她一人，不是父亲，也不是其他人——应该得到我最后的告别。我要亲口向她保证，她什么都没做错，我担心她会以为是她教我缝纫这件事成了我变成人鱼的导火索。

“壬！”

我听到有人尖声喊我的名字，我知道那是凯茜。她喊我名字的方式和所有人不一样，发“e”的音时会拖长，仿佛她会先把我的名字愉悦地含在嘴里打个转，再允许这个音节从唇间逃逸。我对着停车场眯起眼睛，抬起一只手遮住眼前的阳光。

“在下面！”

我倒吸一口气。我看到凯茜站在医院草坪上，修剪整齐的树篱旁边，就在我的窗户正下方，正对我疯狂地挥手。我眨了眨眼睛，又揉了揉眼睛——我确定自己是梦到了她。

“壬，是我！凯茜！”

真的是她。

我也对她挥挥手，头发在微风中拂动，仿佛我是童话中的长发公主，正俯身凝视我的恋人。我被名叫史密斯医生的邪恶巫师锁在了高塔里，她来救我了。

凯茜把双手拢在嘴边对我喊：“我要偷偷把你带出去。我承诺过的。来吧。”她指着窗下凸出来的台子，说：“我已经规划好了整个过程。你从窗户爬出来，站在台子上，然后往下跳。我会接住你的，接不住的话你也会落在树篱上，不管怎样都很安全。看着挺高的，但我保证，也就几英尺而已，小意思。”

“你认真的吗？”我低吼，“你去年物理不是考了 C 吗？”

“你就信我吧，没问题的！”凯茜双手一起对我竖起大拇指，仿佛她的拇指已经研究了很多年关于往窗外、往台子下面跳的方程式，完全可以确保这段旅程的安全性。

我把头缩回屋里，把额头贴在了墙面上。我用额头撞了一下墙壁，然后是第二下，感到懊恼至极。我思考着面前的选择：跳出去，或许会以人鱼的模样死去；或者留在原地，作为人类承受缓慢的凌迟，遍布双腿的伤疤证明着我已经消逝的魅力。如果我不得不承受死亡，最恰当的告别就是在我亲手造就的鱼鳞光辉里烟消云散。

我轻轻把绿萝放在地上，离窗台远远的，这样它就不会因为我的举动而受到伤害。我把头再度探出窗户。凯茜焦急地四下乱看，生怕会被人撞见，但由于我的窗户恰好朝向医院远离入口的那一面，人行道上空无一人。

“好了，我要出来了。”我喊道。

凯茜咧嘴一笑，向前挪了几步，在灌木丛旁边撑住身子。“你把鱼尾摆出来，就能碰到台子了。就在你下面。”她指导道。

鱼尾。凯茜把我的尾巴称为鱼尾。

我早已沉寂的希望又一次冒头了。

我挪动重心，测试着鱼尾的力量。移动下半身的时候已经不痛了，但在我接触到水之前，它完完全全是个死物。

“干得漂亮！”凯茜一边喊，一边把卷发绑成马尾，以免头发挡住她的脸，“你做得好极了！你能行！”

我能行，对的——我要做的很简单。那她呢？

但我还有什么别的选择呢？是我请她拯救我的，她也确实来到了这里。希望永远是残酷的。

我坐在窗台上，手指扣紧墙的边缘，背对天空。我扭动脖子，以流线型拉伸身体两侧。

所有运动员，各就各位。

我绷紧身体，肌肉紧缩。

哔——

流利的动作。我抬起鱼尾，将其旋转，伸出窗外。尾巴悬空着，鱼鳍底部擦在台子上。我已经有一半在外面了——一半已经获得了自由。我把屁股从窗台上抬起来，重心转移到尾巴上，用窗台助推，手臂甩动。我的重心稳住了，我重新找到平衡，直起身来。凯茜在下面鼓掌。干净利落的着陆，完美的下潜。

“就快到了！”凯茜喊道，“继续加油！”

我皱了皱眉。我向下望了望，树篱的顶端够得到台子，再往下就是凯茜伸出的双臂。从我所在的高度俯瞰，这个距离被无限拉长，显得颇为可怖。

“准备好了吗？”我问。

“好了！你跳吧！”

我转过身，面对着大楼的墙壁，向后倒去。我伸开双臂，闭上眼睛，相信风、树篱和凯茜会接住我的。“信任背摔”，就像吉姆在每个赛季开始时强迫我们做的团建活动一样，我们站在食堂的桌上，像瘫软的布娃娃一样向后倾倒。虽然我痛恨这个活动，凯茜却从来没有一次让我倒在地上。在这种破冰活动里，我从不依靠任何其他队友，尤其是艾丽、布拉德和卢克。每当我落在柔软的人肉垫子上，我都能立刻认出来，搂住我的正是凯茜的一双手臂。我了解她的手臂，了解她手臂上每一块肌肉和丰盈的曲线。从医院的台子跳到坚硬的地面上也是一样的，一样的动作，一样的可能的后果，一样的参与者——我们已经为我此刻的降临排练了那么多年。

吉姆已经预见到未来了吗？他是否早就猜到终有一日我需要给出信任，而凯茜需要接住我？

我向地面坠落，风在耳边呼啸。

我的肚子传来一阵失重感，心脏跑到了嗓子眼。

一声闷响，我落在凯茜怀里。我睁开眼睛——然后立刻眯了起来，阳光在她脑袋后面，她的头发被映得宛如天使头上的光环。我恍然觉得自己仿佛曾经见过这一幕，在好几年前，某个冰封的冬夜，在米娅家外面，我的头一突一突地跳着，星星排列成人鱼的尾巴。凯茜瞪大眼睛，盯着我的眼睛，俯身看着我，担心着我的身体情况。然而，今天和那些荒凉、黑暗的时光都不一样。今天属于太阳。一个温暖的春日，我为之奋斗的美好未来的前奏。

凯茜颤抖了一下，把我从茫然的沉思中惊醒。她的手指收紧了，扣着我下背部和上臂的皮肤。然后她哆嗦了一下，仿佛无法再忍受和我继续进行亲密的接触。她推了我一下，我站直身体，重心回到鱼尾上，摇摇晃晃地保持平衡。我离开她的怀抱时，她用双臂搂住了我。

“你已经逃出来了！”她大叫着，脸埋在我的颈窝里，藏起了目光。我们持久的目光接触太过亲密，炽热得无法继续下去。

她把我抱得更紧了，我轻轻拍着她的后背，继而吐出了她的一缕红发，那是她突然抱住我时飘进我大张的嘴里的。风爱抚着我们。

她放开了我，又是咧嘴一笑，手扶着我的手肘，帮我维持平衡。“壬，别担心。我在这里。”她摸了摸我的脸颊，“来吧。”她拉着我向她的车走去，车就停在我们对面的路边。

我踉跄了一下，凯茜放慢了脚步。她松开手，让我以自己舒服的频率蹦跳。我身子一歪，甚至不需开口问她，她就走到我旁边，用胳膊挽住我的手肘，让我可以顺势把重心移到她身上。

她拉开副驾驶门，示意我上车，微微鞠了一躬，在我翻白眼的时候窃笑起来。

“你不是该行屈膝礼，而不是鞠躬吗？”我问。

“女里女气的女孩才行屈膝礼。”她说。

“那你呢？”

“我是有骑士精神的女孩。”她眨眨眼对我说。

“你再开这种玩笑，骑士精神就真的死了。”我说着，笨拙地爬进车里。

凯茜坐上驾驶座的时候，我望了望后座，发现那里有一张格子图案的毯子，整整齐齐地叠着，上面放着一只很大的餐盒。

“你带什么来了？你又给我买中国零食了吗？”我问。

“不准猜。我不会告诉你的。”凯茜点着了汽车引擎。

我戳了戳她的胳膊，她瞪了我一眼：“嘿！你小心点。我在这儿开车呢。”

“行吧。听音乐吗？”我拨弄着音量旋钮，发现汽车仪表盘的每个缝隙里都有零食屑。我的车里面也差不多——无论选择什么交通工具，犄角旮旯里永远有食物碎屑，这就是运动员总在挨饿也总在到处移动的代价。我们随时随地都在吃东西。

“安安静静的，我也不介意。”她说。

“幸好我在二楼，没有住在更高的楼层，”我说，“我觉得我没法从五层楼窗户里跳下来。”

“那我就会用货梯把你运出去，偷一个救护车担架什么的。”凯茜一边思考着各种其他的可能性，一边用手指敲击着方向盘，“哦！那种手术或者验尸用的银光闪闪的轮床再好不过了。你可以装成一具尸体，我给你盖上白布，这样就没有人知道是你了。比跳窗简单！”

“这个计划太变态了。”我说。

“变态也好，不变态也好，反正我能完成任务。”她自豪地说。

凯茜驶出了停车场。透过后车窗，我看着医院渐渐远去，化作澄澈蓝天中一个白色的斑点。我想过要不要对着医院的方向比中指，对着窗外大喊一句“去死吧，史密斯医生”，但我提醒自己，人鱼是不会幸灾乐祸的——胜利在望之际，吹嘘毫无道理。在关键时刻，人鱼是亲切、优雅而谦逊的生物。于是我只是摇下车窗，把头伸出去，在呼啸的风中狂喜地嘶吼。狂风撕扯着我的脸颊，我的头发像龙卷风一样缠绕着我的脸。我自由了！自由了！自由了！

透过风声和我的尖叫，我听见凯茜也在我旁边欢呼。她如此肆无忌惮地表达着快乐，令我很惊讶。我把头伸回车里，疑惑地看着她。她的马尾辫已经散开了，卷发垂下来，这样乱糟糟的风格更适合专业的落跑司机。她露出一抹坏笑，又迅速绷紧了脸，注意力集中在面前的道路上，眼睛眯了起来。虽然窗外狂风肆虐，她却依然严格按照限速驾驶。凯茜开车时总是容易紧张——实话说，车技也不怎么样，有一次她在家门口车道倒车的时候，撞倒了街上的两个邮箱，但我很欣赏她仍然坚持要开车到处跑。

我坐回座位里，关上窗，把汽车行驶的轰鸣声隔绝在外。景色一闪而过，深浅不一的绿色覆在棕色之上，那是含苞待放的树木在重新长出新叶。我猛然意识到，今天或许就是我最后一次见识到宾夕法尼亚州春天的来临。自从我入院以来，这块土地上发生了多少变化，又有多少东西毫无改变？在我离开之后，又有多少变化还会发生，有什么东西一成不变？

我掐了掐手腕内侧，分散自己的注意力，不要让思绪危险地延伸下去。人鱼从不后悔。

“你为什么要救我？”我问凯茜。上次她来探望我的时候，我残忍地把她赶走了，明确要求她还欠我一次拯救，但我完全没期望过她真的会来尝试，甚至取得成功。现在，逃生的肾上腺素已经平息，我意识到自己非常好奇，不知道她是如何鼓起勇气，又是如何想出计划来救我的。我问了这个问题之后，她的表情和姿势都没有变，但我知道她听见了，因为她的脸颊浮上了红晕。

“你知道为什么的。”她小声说。

我嗤笑了一声，头向后靠，在头枕上弹了弹。我沉浸在她的回答中——是的。我知道为什么。

她选择了拯救。能做出选择，不就已经够了吗？

从我们的选择中，能看出我们是什么样的人，爱着什么人和事。我选择了水，选择了人鱼。

凯茜选择了我。

“壬。你原谅我了吗？”她轻轻地问，目光锁在前方的红灯上。

我没有回答。凯茜不理解，我昨天就已经原谅她了，当她在心碎中匆匆离开医院时，我意识到要求人类满足如此之高的标准是不现实的。凯茜是会犯错的。我还是女孩的时候，我也会。

这也是为什么我决定，我一碰到水，就立刻离开。我会消失的。我不能把她留在身边。她太软弱了。她会让我想起我作为人类的时候，人生就像倒下的多米诺骨牌般充满着错误和失败。

我不会邀请她和我一起走的。如果她想的话，她可以试试跟着我，但假如她溺水，我也不会救她的。

汽车静止着。凯茜叹了口气，放弃了对取得口头原谅的期望。

“去哪儿？”她只是问。

从我离开匹兹堡大学泳池去往医院，直到现在，已经有无尽时光流淌而过。我必须去到我最渴望的地方。

“带我去水边。”

第二十章

我们开了两个小时的车，把匹兹堡市区远远甩在身后，比母亲和我一起去过的最远的地方还要远。我们驶过印着微笑的婴儿和醒目的《圣经》经文的广告牌，还有屋顶挂着南部邦联标志的脏旧加油站。摩托车队载着穿着破烂皮衣的大胡子男人呼啸而过，车上挂着的美国国旗在飘动。我感觉自己在这里不受欢迎，但其实不管我走到哪里，我都不曾感到自己真正地受到过欢迎。至少吉姆、史密斯医生和我的父母不可能在这种荒僻的郊外找到我。凯茜从一个没有标志的出口驶下了高速公路，我们在一条绿树成荫的乡间小路上又行驶了 15 分钟后，她终于把车停在了一片碎石地里。停车场空空荡荡，只有一辆改装过的红色皮卡停在角落里，车轮赶得上凯茜的车那么高、那么宽。

我从副驾驶座起身之前，凯茜已经下了车，替我打开门，伸手扶着我站稳。

"我不要你把我当成什么易碎品似的，"我说，"我没事。"我拒绝了她的帮助，但我沾地的一瞬间就绊了一跤，直接栽倒在她身上。她痉挛了一下，紧紧抓住我，确保我能控制住自己的身体平衡，然后轻轻地把我从她身上推开，帮我把重心靠在车边。

“嗯，对，没事是吧。”她在后座摸索着，取出食物和毯子。她的屁股从敞开的车门探出来，在她伸手去够刚刚开车时掉在地上的毯子时，屁股也颤抖着。我转开视线，改而四处打量。我不小心和卡车司机对上了视线。他的车窗开着。他看起来同时显得像二十六岁和七十六岁，穿着腋下磨损的牛仔背心，戴着环绕式墨镜和帽檐压低的棒球帽。他的指间有烟袅袅升起，一根香烟伸出窗外。我判断不了他是透过墨镜在看我，还是在看凯茜晃动的屁股。不管他在看什么，都是一种侵犯。到处都是奇怪的男人，尤其是在宾夕法尼亚乡下，他们无处不在的目光令人难以忍受。我转向凯茜，想着我是不是该挡住她，但她已经把所有东西都装进了一个书包里，背在身上。她伸出手，等着我握住。

我紧紧地握住了她。她的手指凉爽干燥。她扶着我走到一段我刚刚没看见的美丽小路上，就藏在卡车旁边。我不用回头看卡车车窗就能感觉到，那个男人的目光一直跟随着我们，但我还是目不转睛地盯着前方的路，呼吸着新鲜空气，尽力让自己放松。我的耳畔传来微弱的潺潺声，鱼尾便一阵瘙痒，感知到水就近在咫尺。凯茜和我走路的步伐和节奏完全一致，尽管我的步子是歪歪斜斜的蹦跳，而凯茜调整着她原本顺畅的脚步来适应我。

“我们到底在哪儿？”我问道，因为长期卧床而气喘吁吁。

我的身材已经有些走形了，锻炼效果明显消退。我见过太多毕业去上大学之后放假回来探望的泳队队友，在大学里吃得胖了一圈，肌肉也流失了。因此我早就接受了，一具坚硬健壮的泳者身体变成一团绵软，其实并不需要太长的时间。我游泳的肌肉永远不会完全消失，但它们会萎缩，掩藏在一层层柔软绵烂的身体组织下面。

“麦康奈尔斯磨坊州立公园，以一个废弃的老磨坊得名，磨坊就在小河上游几英里的地方。我们刚刚开车的时候可能路过了，但我也没看到磨坊。你来过这儿吗？”

我摇了摇头：“没有，我家人不喜欢徒步旅行。”

“我小时候，我全家人几乎每周末都一起到这里来玩，那时我还没有被游泳训练折磨到根本无法在休息的时候去爬山的地步。这里很清静，没什么人，而且公园也够大，就算有别的游客，也很难碰上他们。”

“挺不错的。”我说道，抬头望着翩翩起舞的树叶。

“嗯，我很喜欢这儿。”凯茜顿了顿，然后继续说，“我们快走到我想去的那个地方了。你好像有点喘不过气。你还能继续走吗？还是你想稍微休息一下？”

我让她别担心：“没事，我还好。咱们接着走吧。这条路很平坦，不难跳。”

“是啊，我记得州政府的护林员还是当地登山俱乐部的志愿者每个月都来清扫一次。”

阳光从四周的树枝之间洒在泥土上，斑斑驳驳。我仍然看不到那条河，但我听得到它在石头上奔流的清鸣，和鸟儿的叽叽喳喳互相应和。小河欢快的汩汩声越来越响亮了。凯茜扶着我离开小径，来到几棵树之间的一片小空地上。浮凸的树根和松动的岩石让前路更颠簸了，我为了保持平衡，靠在凯茜身上的力量也更大了。

我们来到一片宽约 20 英尺、长约 15 英尺的河岸，这里的泥土在河水多年来轻柔的舔舐下已然饱受侵蚀。在这块秘密基地，小河平静无比。水面像人鱼的鳞片一样闪闪发光，呼唤着我。

我挣脱了凯茜的手，向后推了她一把给自己助力，然后疯狂地蹦向那片令我魂牵梦萦的水。我双臂前抡，催促着自己的身体加速前进。小河在向我招手，越来越近了，正在我将手臂摆成流线型准备跳水的时候，肚脐附近被人猛地拉了一下。

“等等！先别走。我给你准备了一个惊喜。”凯茜像海姆利希急救法一样用双臂圈住了我的腰，阻止我得到救赎。

“让我走！”我扭动着，鱼尾也在抽搐，但我还是挣脱不了她的钳制。我鱼尾的后部紧抵着她温暖的肚子。她怎么胆敢再阻挠我一次？

“壬，再等一个小时吧。”我挣扎的时候，凯茜哀求道。

“不！”我尖叫，惊起一片栖息在树顶上的飞鸟扑簌簌地冲天而起，“我已经等了太久了！”

“壬，求你了。我都把你从医院弄出来了，你能不能让我把想说的话说完？然后我就放你走，我保证。”

听到她的承诺，我停止了挣动。虽然我的尾巴不喜欢继续拖延，但如果听完凯茜道别能让我走得顺顺利利，我还是会听的。而且，严格来说，地区赛的时候，她也没有真的承诺过我什么——她只是帮着吉姆挫败了我的计划而已。或许这次，这个口头承诺是有意义的。或许她会兑现承诺，毕竟她已经帮我走了这么远。

我决定，如果她毁约，我将毫不犹豫地对她释放我的人鱼魔法。

“好吧。”我说。

凯茜犹犹豫豫地松开手，仿佛以为一旦放开我，我就会立刻跳水游走。短短的沉默，她的手指在我腰间滑动着，然后她彻底放松了，走到旁边，把野餐毯铺在地上。

我坐下来。虽然我一刻都不想在水外多待，我还是被附近大自然的静美触动了。

“风景不错，对吧？”凯茜蹲在我旁边，拉开餐盒袋子的拉链。

“你怎么找到这个地方的？”我问道。

“秘密。”

“不是，我是认真的。怎么找到的？在网上吗？”

“我跟你说过了，我妈之前总带我来这儿，后来她就开始拿腔作调了。你敢相信吗？在她变成完美的家庭主妇之前，她也喜欢徒步旅行和户外活动。有一天，她循着鸟叫声离开了小径，发现了这块隐蔽的河岸。我们之前总是来这儿。后来就再也不来了。”

“真没想到。”我说。

“是啊，有时候别人总会让你大吃一惊的。”

“就像你出现在我窗户下面的时候。你是我的白马王子。”我用手肘捅了捅她。她故意夸张地顺势翻倒，笑着捉弄我。

凯茜打开饭盒，拿出饭盒和餐巾，把餐巾压在石头下面，防止被风吹跑。

“凯茜！你居然……”我惊喘。

“没错！我去对地方了，”她用手指敲了敲额沿，表扬自己的大脑，“开市客超市，冷冻区，微波炉食品。”她打开饭盒，一股美国产的饺子和春卷的香甜气息飘向我。“你妈妈的拿手菜。我在意面派对上最喜欢的一道菜。”

凯茜拾起一只春卷，递到我嘴边。我倾身向前，就着她的手吃光了，嘴唇含住她的手指，舌尖把她皮肤上的油渍一点一点舔干净。她脸红了。她望着我吸吮她手指的样子。

我靠回去，咀嚼着，在心里因为她发红的脸颊而偷偷笑起来。

“好吃。多谢啦。”我用手背擦了擦嘴。凯茜怔怔地凝视着我。我舔了舔嘴唇。她的目光一直追随着我的舌尖。

“所以你会和家人一起来这儿？”我打断了她情愫涌动的目光，挑起眉毛，不想再因为屈从于她的欲望而继续耽误逃离的时间。

凯茜身体一颤，吓了一跳，说：“是啊，每次我们来这里徒步，都会坐在这里野餐。”她指着我们身后摇曳的橘色花朵。她指给我看之前，我都没有注意过。“看见那些花了吗？我妈教过我一个好玩的东西。你试试挤一挤球茎。”

“为什么？这是毒藤吗？你是不是想骗我？”

“不！你怎么会觉得我要恶作剧呢？你试试，好玩的，我保证。”

我把身体向花丛挪过去，手指缠绕着根茎，将一朵圆锥形的花拿到眼前细看。花儿很细小，显得温柔而无害，和我家邻居种的大丽花完全不一样。大丽花招摇华丽，连花茎都无法承受花朵的重量，沉沉地垂着头；太阳花又太张扬活泼，矗立在粗壮的花茎顶端，高傲地向着太阳昂起头。而这些小花的花瓣是橙黄相间的，散落着红色斑点，像血点一样，令我想起我在更衣室淋浴间地上留下的痕迹。浅淡的绿色花茎穿过每朵花的中心，末端连着小小的白色块茎。这朵花看上去一点危险都没有——发生了这么多事情之后，我怎么还会认为凯茜会伤害我呢？

我用拇指和食指挤了挤球茎——然后我尖叫一声，向后倒下，撑在手肘上，因为一粒种子突然跳了出来，落在了我的肩膀上。

我重新坐起身，拍打着身上的尘土时，凯茜正在大笑。我试图露出烦躁的表情，但我也被花朵和凯茜的反应逗乐了。

“我被什么东西攻击了？”我郁闷地问。

“它们的名字叫‘别碰我’！也叫宝石花、凤仙花。严格来说学名是凤仙花——但我喜欢管它们叫‘别碰我’。很好听吧？花就像在说，别碰我，不然我就要你好看！”凯茜举起手，指尖成钩，摆出爪子的模样，“它们的武器就是朝你身上丢种子和花瓣。”她也把手伸进了花丛，挤了一下我刚刚那朵花旁边的一朵，在种子跳进她头发里的时候咯咯笑了起来，说："它们一般生长在河边和其他湿地上。它们严格来说应该算是野草的一种，但我很喜欢它们。"

"'别碰我'，"我喃喃地说，"我喜欢这个名字。"

"我也喜欢。"

"真希望别人未经允许就碰我的时候，我手边有这种花。"我说。

"真应该送给吉姆一束'别碰我'。"凯茜说。

"没错。"

太阳开始落山了。头顶上树木投下的阴影越来越长，也越来越暗，但即便日光渐渐退去，天气依然温暖。我们安静地坐在一起，吃着饺子和春卷，用手指替代餐具，吃得满手是油。一只潮虫匆匆爬过毯子。宝石般的花叶轻抚着我的后背，在温柔的晚风里轻轻摇曳。

时间到了。我的胃被点心填满了，等不及想去游泳。我用手撑着泥土，准备冲上前。我已经消化好了，虽然依然饱胀，但已经不会再因为剧烈运动而胃痛。我准备等凯茜再拿一个春卷的时候就马上溜进水里。我不知道她究竟是会为我加油，还是再把我拖回来。我必须趁着她转移注意力，走得越快越好，这样她就没法再恳求我继续留下了。我不能允许自己再次听见她的哀求。这会让告别变得更艰难。

我理解了为什么那年我们把父亲送到机场的时候，他都没回头看一眼。

凯茜抬起一只手，伸向装春卷的盒子。我绷紧了，手肘弯曲着，但就在我得以跳起身之前，凯茜打断了我。她的手没有落在食物上，而是落在了我的尾巴上，动作小心翼翼。

“壬，你真的是人鱼吗？”她问。

“你觉得呢？”我反问道，因为再一次被拖住而烦躁。

“我不确定。为什么——”凯茜顿了顿，然后闭上了嘴。

“你直接问我就行了。”我说。

“你为什么——为什么要坚持游泳呢？游泳对你来说是一种折磨啊。它让你变成了——”凯茜咽了一口唾液，结结巴巴地说，“一条，一条人鱼。”她不适地在毯子上挪动了一下。“你又不是真的能去参加奥运会。”她说道，仿佛屡次失败就能构成放弃这项体育的正当理由。

“说得就像你能去参加运动会似的。”我说。

“不。其实我每天都想放弃。但一旦想到要放弃一项在我的生命和整个自我认知里如此重要的活动，我就无比恐惧。放弃游泳之后的我又是什么样的人呢？我做不到。我太害怕了。我所有的朋友，呃，也就是你，你是游泳运动员，如果游泳不再是我们的共同话题了，我们还能一起聊什么、做什么呢？”凯茜把下巴抵在膝盖上，收起腿，身体蜷缩成一团，“如果我不是泳者，你还会对我感兴趣吗？”

我轻笑了一声：“当然。但我们肯定不会这么亲近了。”

“为什么不会？”

“因为人类活在情景之中。人类以为自己有自由意志，有自由选择的权利，但实际上，他们只能听从命运的摆布，在推拉之中随波逐流而已。就拿咱们举例吧，我们被推着去游泳，然后被吉姆的要求摆布着，这才把我们拉扯到了一起。我们才变得亲密。”

“我明白了。”

“你真的明白吗？”

“嗯。”她说。

“所以就是这样，作为人鱼，我要掌握自己的未来，不再被别人的推拉所摆布了。”我硬起心肠。我的鱼尾抽动着，我紧张地抚摸着它的上半部分，在脑海里安慰它，告诉它我们很快就要到河里去了。“凯茜，我要走了。你不能继续把我拉回来。”

不需要再多说什么了，也不需要解释。我们的关系已经不再需要言语。凯茜看着我，脸在“别碰我”宝石般的花瓣后面若隐若现。

“我猜也是。”她说。

说话的时候，她已经逐渐靠到了我身边。我们离得那么近，尽管光线昏暗，我还是能数清她脸上的每一粒雀斑。我用双眼描摹着她翘翘的鼻尖，和我自己扁扁的鼻子截然不同，然后是她的嘴唇，上面还沾着微波炉速食的油渍，紧紧抿在一起，仿佛她在沉思。我闭上眼睛。我已经预料到会发生什么事了。我和布拉德，和埃斯做过太多次。现在我也要对凯茜这样做了。我允许自己再犯一次属于人类的错误。

我多么、多么渴望着这最后一次错误。

多么令我惊讶的渴望。

凯茜吻住了我。起初只是嘴唇轻轻地相触，然后激情渐渐涌上来，像池水由浅转深一样。我的手掌抚摸着她温暖的脖颈。

然后就结束了。我们分开了。我的脸颊滚烫刺痒。凯茜满脸通红。她的皮肤变成了头发一样的色调。

凯茜站起身，开始脱衣服。

“呃，我们进展有点快了，你不觉得吗？”我笑道。

“放轻松。你又不是没见过我裸体的样子。我要去河里游泳了。旁边没有人。”她的头卡在衣服里，声音闷闷的。

凯茜的衣服落了下来，我惊愕地盯着地上的泥土，完全没有意料到她会先于我进入水里。她向小河跑去，双手托着胸部，避免上下晃动产生的疼痛。她苍白的身体在夕阳里闪烁，像我以前会偷偷欣赏的母亲首饰柜里的璀璨项链。我会让金属链子像丝绸一样滑过手指，用拇指和食指捏住扣子，享受金属嵌进皮肤的感觉。

我燃起了某种炽热的欲望，想对凯茜的身体做一样的事。

“你来不来？”她问道，没有回头。

我惊讶地张开了嘴，目不转睛地盯着她，完全陷入震惊。

在树林间，此时此刻，凯茜的样子比我在学校和游泳训练时见过的所有样子都更加自由。她跑近河边，红发在身后震颤，行云流水，不受那些我们被迫穿上的紧身泳衣束缚。她蹚进水里，脚踝浸入冷水时不禁叫出声来，而我看着她的大腿映衬着大自然泥泞的棕色与绿色，不禁展颜而笑。尽管河水冰冷，但当水位到她膝盖的时候，她还是毫不畏惧地一头扎了进去。接着，她的头从水面上冒了出来，离她身体下水的地方有几英尺远。玻璃般光滑的海蓝色平面被一个点击碎。她挥了挥手，宛如举起投降的白旗。

我也对她挥挥手。一种奇怪的孤独感突然开始在心里蔓延。我打算游向凯茜相反的方向，独自一人开始我的人鱼之旅。水面那么宽广，世界庞大无垠，天空无边无际。我有那么多要看的、要经历的、要寻找的东西。然而，即便我渴望离开人类的世界，胸骨左侧还是因为疼痛而突突搏动。我还没有出发，心就已经先碎了。

我不知道我们的野餐对于凯茜来说有什么意义。告别？正式画上句号？还是一次单纯的踏青？我又该怎么理解我们之间的吻？或许是疗伤过程的一部分吧，但我不确定治愈的是我，还是凯茜。我已经进入了神话的范畴，由女孩进化成了水生生物，所以再去追问凯茜的动机似乎已经不再是我能做的事。虽然人类的动机总是令我困惑，我还是怀疑我并不会轻易忘记属于人类的记忆，好的和坏的都是，因为好与坏总是掺杂在一起：全队人在一起打气，演讲，乘车；帮彼此挤进竞赛泳装里；结伴剃掉毛发；站在泳道尽头嘶吼欢呼。凯茜在河里来回游动的时候，我在哀悼，不是为了我的少女时代、游泳队或是每一场失败的比赛，而是为了失去她，为了我们之间本可存在的一切，为了我的记忆将永恒地染上这一层色彩——这就是飞升的代价。

凯茜把头缩回水里，倒立起来，脚在刚刚头探出的地方伸出水面。我摇摇晃晃地起身，扶着树干保持平衡。摇曳的“别碰我”像啦啦队手中的绒球一样为我加油。凯茜又浮了上来，湿透的头发依然蓬松，丝毫不受影响。她慵懒的仰泳停了下来，她喊了一声，拍溅水面，鼓励着我，声音之大不像是她一个人发出来的。

我蹦向前。我靠近岸边，让清水逐渐漫过我的鱼鳍和尾巴。最终，我抵达了这片天然的水体，既不是人造的，也不是氯化的。当我潜入水中时，鲜明的湿意不会灼伤我，而是会欢迎我回家。我的尾巴高兴地摇曳着，快感沿着脊柱一路向上。我把头发甩到身后，正准备跨过人与人鱼之间最后的界限时，我看到有什么东西在游动——就在那里，在水岸相接的地方，有一条蛇。它扭动着，最终在岸边的泥地上安详地盘了起来。它的背上，红宝石般的斑点像旋涡一样，连成一条线，长长地蔓延向下，像极了卷曲的红发。

一条水蛇。

我闭上眼睛，吸了一口气。我举起手臂，做出流线型，然后弯腰，让指尖碰到水面。我潜了进去，身体向前，倾入一片虚无。我相信我的身体自己知道该去往哪里。寒冷把我包裹。我沉入海蓝色的茧中。我竖起耳朵，依稀可辨微弱的人鱼之歌，一串低沉的问候组成和声。

水下很黑。太阳已经快要沉入河岸线了。褪色的日光不够亮，没法穿过厚密的水层，也不够强，没法对抗漂浮的沙砾和泥浆。看不见河底。没有像泳池地板上画的那样笔直的黑线，没有体育馆顶上炽白的灯光，也没有一条条泳道绳索把水隔断。

我身体起伏着，向前游动，陶醉在鱼尾快乐的震颤中。

我不需要抬头换气。氧气对我毫无用处。

在我身后，我感觉得到凯茜正在踩水。她等着我的头浮上水面，像喷泉一样把水吐到她脸上。如果我这么做，她就会尖叫起来，从我的喷射范围里游开，故作恐惧地往我脸上溅水。我都能预测她的反应。在这之前，我们这样调情过很多次，在很多不同的泳池里。此刻，在小河里，我们之间的关系有着无限的发展空间。

我知道她想从我这里得到什么。她想要我游到她身边，双臂环住她的身体，让她的双腿圈住我的腰，就在我鱼尾开始的地方，水让我们两个人一同失重。她想要我偷偷游到她背后，抓住她的脚踝把她拖下去，把她的头按进水里。她会笑，会呛水，会对我做一样的事情，我们打闹着，直到身体在水下缠绕，嘴唇在水面碰到一起。她想要我再吻她一次，再一次，再一次。在唇舌交缠的间隙里，她想要我保证我永远都不会离开。

但浪漫的大团圆结局只属于女孩。

而我不是女孩——我是人鱼。一条注定要在未经氯化玷污的水中游泳的人鱼。一条注定要披星戴月游向她的族群的人鱼。一条注定要漂浮在水做的安稳摇篮里、摒弃沉重的人类烦恼的人鱼。一条注定要变成人鱼的人鱼。

一条注定要自由的人鱼。

我是壬·余。我是人鱼。我是我自己。

我游走了。

致谢

我一直很喜欢读别人首部长篇小说的致谢部分：百感交集！温情脉脉！圈内笑话！所有的一切都令我热泪盈眶、满心柔软，正是我最喜欢的状态——落笔写下我自己的致谢时，感觉似乎也没有什么不同。即使我知道，以下饱含泪水的肉麻谢词永远无法完全表达我深深的感激之情：

致宋东元（Dongwon Song），我梦想中最拉风的经纪人——谢谢你相信我。

感谢我才华横溢的责编，大卫·波摩里科（David Pomerico），不仅签下了如此之多的我心爱的书籍的版权，还帮助我自己的作品更上一层楼。

感谢米雷娅·奇里沃加（Mireya Chiriboga）、金妍（Yeon Kim）、蕾切尔·曼迪克（Rachelle Mandik），以及哈珀－柯林斯出版集团的威廉·莫罗/探索者（William Morrow/Voyager）团队付出的时间、精力，以及给予我的机会。

感谢蓝彦祺（Kenn Lam），为我绘制封面上我梦寐以求的绮丽人鱼。

感谢克里斯蒂娜·巴基莱加（Cristina Bacchilega）与玛丽·阿洛希拉尼·布朗（Marie Alohalani Brown），写下奇妙的《企鹅社人鱼指南》。

感谢张欣明（K-Ming Chang）激励世界各地的年轻酷儿亚裔作家开始创作，并选择在《太平鸟》杂志发表了我创作的第一部短篇小说——那是一个血腥、怒意磅礴而回味无穷的故事，它彻底改变了我的人生。

感谢默瑟（Mercer）与赖斯（Rice），我珍视的作家朋友们。谢谢你们在我对写作出版一无所知的时候收留了我。感谢我在加入默瑟家族的第一天与此后的每一天：刘志扬（Chiyeung）、乔安娜（JoAnna）、埃达（Eda）、金伯莉（Kimberly）与恩佩拉特兹（Emperatriz）——我好爱咱们大家建立起来的温暖社群。

感谢我那些天才、大气、灿烂、幽默、颠三倒四、热烈又魅力四射的朋友。感谢和我经常一起共进晚餐和跳舞的人。感谢那些由于物理距离与我一年只能相会一次的人。感谢那些和我只有萍水相逢的缘分的人。我爱着你们所有人，爱着我们互相给予与曾经给予对方的一切。

感谢我的家人。对你们致谢的负担总是最重，因为我知道单纯的感谢不足以表达我的感情。感谢我的母亲，程翚，带我去图书馆、去泳池，去到世上任何我想要去的地方。感谢我的父亲，宋继忠，谢谢你对书的热爱，以及你一次次倒时差的折磨。感谢伊森（Ethan），为了那份已经到来并会持续发光的希望。感谢姥爷，我的亲人们，他们都分散在加拿大、中国北京和郑州：我每天都想你们。

感谢图书馆和书店，感谢图书管理员和出版人——谢谢你们让我得以在书架间无尽地漫游。

最后，谢谢你，亲爱的读者。我早在敢于梦想成为作者之前就已经是读者了。我无比珍视你愿意花时间读到这本书的最后一页。我对你致以无尽的感谢。谢谢你，谢谢你，谢谢你。

译后记

身为“边缘人”的种种迷茫、青春成长的痛苦，被外化在了躯体上，女孩变成怪物抑或神祇，又对彼此怀抱着包含无数意义的欲望——这些纷杂的元素，汇聚成了《氯水人鱼》。它以幻想色彩浓厚的女性视角，书写了一部成长期女性与自己身体之间微妙关系的血腥童话。

《氯水人鱼》所描写的“身体变成怪物”是亚文化中常见的母题，在幻想小说与恐怖小说中都颇具规模。与之相应的类型文学与影视作品在英语世界被称作“身体恐怖”（body horror），旨在描绘人类身体发生异变抑或被强行改造后引发的认知失调。这是生物意义上的恐怖谷：令人恐惧的元素不再是鬼怪与杀人魔，而是近似人类又处处透着诡异的血肉之躯。

几个世纪以来，定义“身体恐怖”的创作者几乎都是男性：弗朗茨·卡夫卡写下《变形记》，主角某日清晨醒来，发现自己化为一只巨大的甲虫，并由此开始反思自己一生在社会中的位置；被誉为“身体恐怖视效之父”的导演大卫·柯南伯格熟练运用血浆与刺激眼球的元素来展示现代生活之空虚荒诞；被誉为“克苏鲁之父”的 H. P. 洛夫克拉夫特在其诸多作品中着重描绘人类在发现自身于生理上逐渐化作非人时的谵妄与恶心，以此来唤起恐惧。

甲虫、不可名状的古神、支离破碎后归顺邪神的人类，都有成为怪物的潜质。当人发现自己作为人类的信仰崩塌、定义何为生命与文明的系统失灵的时候，就会产生怪物降临般的恐惧。

然而这种恐惧，对全人类而言，都是均等的吗?

本书作者宋玉把书中主角壬的第一次月经描述为一场发生在身体内部的“暴行”。是的，生物本能无可抵挡，再高等的碳基智能也必须屈服于生命的基本规则。身为人类，身为女性，你无法与自己的肉身对抗。你只能任由那潮水将你淹没，然后试图与其和解——或者永不和解。

对于女人来说，我们或许已经习惯了与怪物共存。每一个月都要重复血块和白瓷马桶的噩梦，我们对血腥已然脱敏。无论我们脖子以上的部位有多么聪慧绝伦，在生育时，撕裂都是自下而上发生的。我们不再惧怕疼痛与秽物。妊娠纹、荨麻疹、肿胀的关节、不堪重负的腰椎、过分隆起的腹部……我们的身体隐秘地变异着。

我们当然也知道自己是怪物。老了、丑了、胖了，不能生了，太像女人或者太不像女人。我们无须成为甲虫就能感受到来自社会自上至下的排斥反应。

因此有些文艺作品甚至会令女人发笑：原来被大众定义

为“恐怖”的，让人又害怕又恶心又忍不住出于猎奇心态多看几眼的，是我们呀。

《氯水人鱼》极为有力地回应了这一点，为“身体恐怖”的定义完成了一场大逆转：少女的身体变化时，感到恐惧的不该是她自己。只有窥探着她、想要利用抑或伤害她的人才需要感到恐惧。而少女正渴望着成为这样的怪物，打破施加在她身上的全部桎梏。

她梦想成为怪物，是为了不再害怕“正常人”。

壬的身体变化呼应着她种种不同的身份：青春期女孩、游泳运动员、美国华裔移民，队员、女儿、学生、友人、爱人。我们跟随壬和她队友凯茜的双重视角深入地体验着成长期的迷茫。一个人同时要成为这么多人，背负这么多期待，“要成为更好的人”是她无法摆脱的魔咒，更何况这些要求还彼此相悖：想成为优秀的运动员，就不能拥有世俗意义上丰胸细腰的女性美；想要和孤立她的队友打成一片，就必须让渡个人喜好甚至尊严；想要赢得教练的认可，就不得不把自己的身体变成泳池里的永动机，食物不再是美食，而是脂肪、蛋白质和碳水化合物；想要获得选择未来的机会，就需要和过去爱着她的所有人告别。作为华裔女孩，她在开赛前想用自己和妈妈都最爱的王菲的歌作为入场背景音乐，却被凯茜以保护她的名义直白告知，这只会更加显得她是白人群体中的异类，因品位奇怪而招致霸凌——或许连“为你好”的爱都是掺杂着忍让、伤害和权力关系的。

如鱼要不断逆流而上一样，壬一边在她赖以生存的氯水泳池里奋力踢打、大口喘息，一边为了满足不可能实现的要求，不断地强化着、修改着、缝补着自己的身体，把每个部件都打造成最高效、最能讨得别人喜欢的模样。

终于有一刻，她不再想成为更好的人了。她只想成为人鱼。

氯水代表泳池——人工的、机械的——而人鱼代表更古老也更自由的神话年代。在唐娜·哈拉维笔下，赛博格仿生人是生物与机械的完美结合体，是突破界限、打乱规则的先锋，它不属于任何物种。在赛博格女性主义中，身体借由科技的力量超脱了生物与社会的双重限制，女性可以想象自己是“无须遵守规矩，无须受到束缚”的赛博格。

人鱼作为本书的核心意象也是如此。宋玉反复用“她”来代称人鱼，仿佛在描摹一种独属女性的理想形态。正如开篇所说，人鱼爱她强劲的尾巴，完全接受自己本来的样子，从不会憎恨自己的身体。更重要的是，她会在蜕变的阵痛中逐渐找到属于自己的力量。

从书的某个节点开始，真实与幻觉彼此交错，在壬愈加狂热的第一人称叙述里，我们逐渐分不清发生的事究竟是现实还是她的想象，只能通过凯茜的自我剖白窥知这个故事的另一种解读方式。故事里的语言具有双重意义，壬在身边人和她自己用语言制造的重重陷阱中挣扎，而作者宋玉也在用自己的语言影响着读者的感情与判断。

宋玉从不试图下定义。她是一位诚恳到仿佛剖开心脏在写作的作家，娓娓道来，以极其细腻的文字描述着壬的每一次身体变化、每一段心理转折，直白赤裸地呈现她的狂妄、痛苦、自私、无力、阴暗，在被物化与重拾自我之间的挣扎，以及浪潮般疯狂绵延的青涩情意。在阅读的时候，我没法不与壬共感，放任自己被这本书一次次唤起同身共命的感受——女性的体验，与其说依靠的是祖辈的文字记录或唱诗般的口耳相传，不如说是一种基于本能的生物性传承，符号界的秩序在此鞭长莫及。

我知道我不需要喜欢壬，她甚至也会唤起我的恐惧，让我难以读下去。这并不是因为我把她当作怪物，恰恰相反，是因为我在她身上看到了太多自己的成长体验，有种自己高度社会化的外皮被突然撕开，身体内部的念头像秽物一样纷纷抖落在人来人往的马路上的痛苦与羞耻。

我想，直面身为女性的痛苦与羞耻，和为女性特质而自豪，是同等重要的。能用文字让我放下心防做到第一点的作者很少，而宋玉正是其中之一。

~~~

我无数次和朋友开玩笑说，《氯水人鱼》这本书“好是好，就是有点费翻译”。

《氯水人鱼》并不算是一部需要大量背景调查来支持翻译的小说，它的故事和细节都十分平实，为了贴合角色的年龄、经历，更是有不少口语化的表达和流行元素的引用。宋玉的文笔和小说采取的第一人称视角更是将代入感增强到了极致。因此，从一开始起，译者就不能抱持着冷眼旁观的心情，甚
~~~

至也没有多少机会以“查资料”为由将自己一次次抽离出来。我想，或许从一开始，这本书对译者的要求也和书中主角的经历一样——准备好踏上一场剔骨拆肉、虔诚投入、跨越理性疆域的旅程。

在翻译这本书的时候，我会有意识地留出至少大半天不被打扰的时间，像每次游泳前准备跳水下潜那样深呼吸，继而屏息，再打开文档。同样，也像游泳，我既渴望恒久地停留在宋玉笔下清凉的氯水里，却又时时因缺氧带来的灼痛而心怀恐惧。想要继续翻译下去，也想要随时浮上水面喘几口气。

我以自己的情绪作为燃料——有些时候甚至需要靠喝酒来“助燃”，进入状态，让自己的情感和书中的世界对接。我最沉浸的时候无法做任何事情，十指和键盘摩擦得发烫。我也无法冷静而机械地做到“每天翻译一章”，而是偶尔要不眠不休地连轴转，以保持节奏。譬如在全书的高潮——第十四章和第十五章，我会有一种“气不能断”的紧迫感，强迫自己留在同样的状态里无限续航，允许自己短暂地让渡自我，被原文彻底支配，措辞也有意识地变得更加激烈、短促、视觉化。而在更为哀婉沉郁的章节中，我又需要花一定的时间沉静下来，收拾心情，让译笔配合，和我的假想读者一同长长地舒一口气。壬和凯茜各自有许多第一人称的独白，甚至很多时候是两人分别从不同角度讲述同一件事，两人性格又全然不同，我便需要反复推敲哪些词和表达是她们各自倾向于使用的，试图在中文世界重塑两位角色的人格：壬的语气直率、昂扬，她善于表达，到后期更是充满失控的狂热感；凯茜却总是习惯性地压抑自我，措辞间总有哀愁和淡淡的谦卑，冰面偶尔裂开一角，露出下面涌动的潮水，又很快被她遮掩过去。

疼痛、心悸、急促的呼吸，更别提在翻译过程中我也经历了几次经期——作为译者，我想我在翻译《氯水人鱼》期间，是真正做到了和它共生的。因此当最后一笔落下，它从我的骨血里以文字的形式剥离出去之后，我有很长一段时间都会在日常生活里感到空洞与恍惚，像慢性阑尾炎发作许久后最终切除了阑尾的感觉。

2023 年 4 月底，《氯水人鱼》英文原版刚刚出版的时候，我和宋玉在“重音姐妹”（Accent Sisters）——一家位于纽约的独立书店——做了一场对谈，兜兜转转，像珠子在某个神秘的时空节点突然被穿成了晶莹的项链，颇有些宿命之感。

女性因共同阅读这本书聚在一起，讨论自己的成长经历与身体体验，以及书中种种复杂的问题：精英主义、东亚家庭关系、作为少数族裔的生活、边界模糊的感情、对伤害的觉察与定义……还有每个人都曾在某些时刻感受过的格格不入，以及削足适履般将自己化作符合他人期待模样的疼痛。那场对谈对我的意义超越了书籍本身，这种联结感也让我更加坚定要成为本书的译者。

从我与宋玉的相识，再到《氯水人鱼》中文版付梓，从编辑团队选择女性译者来翻译，到作者、译者和编辑之间的讨论，我们其实已经在践行一种具有性别自主意识的翻译。

翻译这件事，从来都不是客观的。而我想，或许翻译本来就不该客观。有研究发现，人工智能在翻译时，由于语料库中的性别歧视内容而同样会夹带偏见，譬如其更容易在没有性别指代的情况下将护士默认为女性，将领导者默认为男性。那么人类译者能做的，恰恰是“不客观地”对刻板印象保持警醒，在翻译过程中反思自己下意识使用的语言是否也带着偏见，用自己的体验去无限共鸣、贴近另一位作者的心灵，完成一曲知音的协奏。

近十年来，无论是传统纸媒还是网络文学，当代女性写作都在逐渐从边缘走向中心，引起从象牙塔到社交媒体的轮番讨论。感谢宋玉与中信出版社的编辑出版团队，把这本书带到中文读者的面前。

~ ~ ~

在那场对谈的最后，突然有人问：“如果你是凯茜，而你爱的人像壬一样，想要飞升，成为一条人鱼——成为她心目中本来的样子——你会怎么办？”

壬为什么要飞升呢？

她最终真的得偿所愿了吗？

而陪伴她成长的、持旁观者视角的凯茜，与她在懵懂情愫和互相伤害之间纠缠良久，又是什么样的感受？

我想，或许我也曾遇见过壬一样的人，或许我也曾是他人眼中的壬。我想成为她又想亲吻她，我期望她留在身边又恨不得她远走高飞，我爱她又恐惧她。我痛她之痛，惧她之惧，我和她的手被同样的血染红，我似乎懂她却又永远无法真正理解她。

所以那天我没说出口的答案是：如果我爱的人想要成为人鱼的话，那我就希望世界都变成汪洋大海。

在这里，她自由、强壮，并不美好却无比真实。她是人鱼，她也是她自己。

金雪妮

2024 年 4 月

图书在版编目（CIP）数据

氯水人鱼 / (美) 宋玉著 ; 金雪妮译 . -- 北京 : 中信出版社 , 2024.6

书名原文 : Chlorine

ISBN 978-7-5217-6495-6

I. ①氯… II. ①宋… ②金… III. ①长篇小说一美国一现代 IV. ① I712.45

中国国家版本馆 CIP 数据核字（2024）第 070315 号

氯水人鱼

著者：　［美］宋玉

译者：　金雪妮

出版发行：中信出版集团股份有限公司

（北京市朝阳区东三环北路 27 号嘉铭中心　邮编　100020）

承印者：　北京通州皇家印刷厂

开本：880mm×1230mm 1/32　　印张：8.5　　字数：156 千字

版次：2024 年 6 月第 1 版　　印次：2024 年 6 月第 1 次印刷

京权图字：01–2024–2192　　书号：ISBN 978–7–5217–6495–6

定价：49.80 元

服务热线：400–600–8099

投稿邮箱：author@citicpub.com